문학과지성 시인선 522

시작하는 빛

위선환 시집

문학과지성사

문학과지성사에서 펴낸 위선환의 시집

새떼를 베끼다(2007)
두근거리다(2010)
수평을 가리키다(2014)

문학과지성 시인선 522
시작하는 빛

펴 낸 날 2019년 1월 24일

지 은 이 위선환
펴 낸 이 이광호
주　　간 이근혜
편　　집 김필균 이민희 조은혜 박선우
펴 낸 곳 ㈜문학과지성사
등록번호 제1993-000098호
주　　소 04034 서울 마포구 잔다리로7길 18(서교동 377-20)
전　　화 02)338-7224
팩　　스 02)323-4180(편집) 02)338-7221(영업)
전자우편 moonji@moonji.com
홈페이지 www.moonji.com

ISBN 978-89-320-3515-4 03810

이 도서의 국립중앙도서관 출판예정도서목록(CIP)은 서지정보유통지원시스템 홈페이지
(http://seoji.nl.go.kr)와 국가자료공동목록시스템(http://www.nl.go.kr/kolisnet)에서
이용하실 수 있습니다. (CIP제어번호: CIP2019002201)

문학과지성 시인선 522

시작하는 빛

위선환

시인의 말

시집 『새떼를 베끼다』 이래 나는
사물에서 사물을 찾고, 언어에서 언어를 찾는다.
아울러서
사물과 하나 된 언어가
큰 시를 가늠하게 하는 가능성이라고 말한다.
설령 그것이
고작 지체이고 실패일지라도 나는
말을 바꾸지 않는다.
곁을 지켜준
여러 평론가와 시인과 '문학과지성사'에
감사한다.

2019년 1월
위선환

시작하는 빛

차례

제1부

죽은 뼈와 인류와 그해 겨울을 의제한 서설

바람아래에서넘어진자, 숨멎은자, 초분草墳에들이어 뉘인자는, 다는, 죽지못한자이므로, 두눈을뜨고있는, 순 서인것,

체온이식는어둠은거기도추워서, 전신을떠는것이고, 떨며부딪는턱이굳는것이고, 혓바닥도목구멍도강직强直 한다음에는,

산자들의산이름을, 더는, 부르지못하는, 순서인것,

남자와 여자의 잠깐 사이를 해와 달이 비추기도, 달빛 내 리는 틈새에 별이 뜨기도 한다

산자들이치르는의례의, 첫차례에서, 맨살에얼어붙은 살얼음의조각들을떼어냈으므로, 꺾인무르팍을눌러서펴 는것은, 다음차례이므로,

온몸을고루닦은다음에사지를반듯이하여누이는것또 한, 차례이므로,

숨멎은자의손톱과발톱을깎는것도, 두손은모아서가슴 에얹는것도,

입벌리고동전한닢을물리는것도, 차례이므로,

이제는,

숨멎은자가, 멎은숨을, 마저, 죽이면서, 인간류의꺼풀
을, 벗는, 순서인것,

여자는 가혹했다 메마른 가슴에 뼈가 불거졌다 미리 육
탈한, 수척한 갈비뼈가 드러났다

숨,이,죽,는,자,의, 살갗에서는살비듬의입자들이쏟아지
며소란스런소리가고막에쌓이는, 순서인것,

이맛살과, 주름살과, 살이어둔굴곡과, 전신이끼이는신
체의윤곽을, 벗는, 순서인것,

눈아래가젖은것과, 눈그늘이검은것과, 눈빛이야윈것
과, 턱밑이어둔것과, 가슴팍이딱딱한것과, 늑골사이에고
랑이파인것과, 뱃가죽이붙은것과, 등뼈가굽은것과,

사지가가는것과,

잃고, 잊고, 지치고, 마르고, 닳고, 낡고, 부서지며, 하릴
없는, 사람의, 겹들을,

무기력과, 거짓과, 흉내를, 시늉을, 형용을, 껍데기를,
허울을,

한겹씩, 벗는, 순서인것,

욕지기를, 걱정을, 지껄이는말과, 후회하는말을, 혼잣
말도, 마른기침, 따위도,

아주, 뱉는, 순서인것,

남자는 굳었다 돌에 등 대고 잠든 오래 뒤에, 지금은 뒤
친다 돌에 돌이 닿는 소리가 난다

반점과, 얼룩과, 기미를, 멍자국을, 베이고찔리고찍힌
흉터를, 소름의알갱이들을, 몽고반의흔적과, 시반屍班을,

움키어쥔손금과, 무릎을덮은한기와, 발목에감긴햇살
오라기와, 묵은살이해묵는묵은냄새와, 질기고당기는핏
줄과,

이름부르는목소리와, 대답하며부르는이름과, 이름자
와,

부러진힘줄을, 구부러진터럭들을, 발등에덮인흙먼지
의, 알갱이들의, 낱낱을, 낱을, 고독을,

추,운,것,들,이,떨,어,져,내,리,는,찬,날,씨,에,펴,든,손,바,

닥,에,내,려,앉,는,것,들,의,가,볍,기,와,쓸,쓸,하,기,를,
　돌,아,서,서,바,라,보,는,서,녘,하,늘,이,저,물,며,때,묻,는,
어,둑,살,까,지,

　버리는, 순서인것,
　슬프고, 기쁘고, 그립고, 아프고, 미안하고, 부끄럽고,
두렵고, 간절한, 표정들과,
　내가나를죽이는살기와, 팟기없는낯가죽도, 벗는, 순서
인것,

　여자가 살피는 어둔 언저리가, 언저리보다 어둔 남자의,
남자 중에서 어둔 낯색이 가맣다

　안간힘하며, 목에, 걸린, 목숨을, 삼킨, 자, 겨우, 숨, 넘
기기를, 끝낸, 자가, 마침내,
　죽,
　는,
　순서인것,

남자가 누운 돌에 문득, 등뼈의 마디 많은 자국이 찍혔다
여자는 얼핏, 눈초리가 하얗다

몇해가지나갔고,

여자는 긴 손을, 더 긴 손가락을 뻗쳐서, 남자의 텅 빈 흉
곽 안에다 긴 뼈 하나를 숨긴다

산자들이치르는, 마지막의례에서는, 뼈,로,만,일,정,하,
게,주,검,의,격格,과,틀,을,짓,는,것, 이므로,

남자의 뒤쪽 먼 어둠에서 눈동자는 까맣고 눈자위는 검
은 영혼이 두 눈 크게 뜨고 본다

이마에서정수리로뒤통수까지, 머리뼈는, 둥그렇고함
몰되지는않았는가, 눈구멍과콧구멍과귓구멍이뚫린, 얼
굴뼈는, 확실한가,
광대뼈는, 날카로운가, 턱뼈는, 완강한가, 아래윗니는,
맞물렸는가,

15

챙기어서, 두는, 차례인것,

여자가 짚는 남자의 끄트머리에 남자가 벗어서 내어놓은 발뒤꿈치의 두 뼈가, 나란하다

목뼈는, 꺾이지않았는가, 어깨뼈는, 흘러내리지아니했는가, 갈비뼈와, 갈비뼈의, 사이와사이에서바람지나는소리가나는가,
등뼈의, 기울기와체격의구배는합치한가,
뼈는, 뼈끼리, 사소한불일치가있는가, 뼈와, 뼈끼리, 삐걱대기도하는가,
팔뼈와, 다리뼈들은, 가지런한가,
팔굽뼈와, 손가락뼈와, 무릎뼈와, 발가락뼈의, 관절들이헐겁지는아니한가,
엉덩이뼈가, 조각나지는않았는가,
발바닥뼈는, 판판한가,
뼈일, 뿐인, 뼈가, 확실한가, 뼈와, 뼈의, 사이에틈새기가들여다보이는가, 서로맞는, 뼈, 끼리, 맞추었는가,
저쪽의짜임새와, 거기는단순한모양새와, 뼈의, 결합

은, 뼈로, 짓는, 구성으로서완벽한가, 마침내조용한가,
　뼈를, 만지는손끝에인광이묻는가, 한번, 더, 살펴보는,
　차례인것,

　찬물 얹어서 이마를 씻은 사람이 가리킨다 일식과 만월
사이에 꼬리 긴 별이 멈춰 있다

　뼈를, 뼈로서, 완성하는, 끝, 차례에는, 희고, 둥근, 머리
뼈를, 받쳐, 들어서, 조심스럽게,
　뼈가 가장 가파른 높이가 되는 높이에다 올려놓
은……,

　골격은

　사,람,과,죽,음,과,주,검,이,일,체,로,서,일,치,한,주,체,의,
형,식,인,것.

돌에 이마를 대다 영원은,

모든, 들과 온갖, 들이 모든, 이며 온갖, 이자 하나, 가
되는 막대한 시공간이다

남자가 이마를 들었고, 허리를 세웠고, 무릎을 펴며 일
어섰고

이마에 묻은 흙먼지를 닦았고
걸어서,

지평으로, 지평 너머 초승달 지는 첫새벽의 안개 아래
에 묻힌 폐허에 흩어진 유적의 돌기둥이 베고 누운 이른
아침에 햇빛 차오른 대지에는 하루의 힘이 자라면서 태
양이 높이 뜨고 저물어서 나날이 지나가는 여러 밤이 오
고 만월이 뜨더니 다시 캄캄해진 지평에 초승달이 꽂히
는 새벽에 닿기까지,
마침내
영원으로, 전신을 밀며 걸어 들어간 일시와
돌문을 밀고 나온 여자가 오래전에 죽은 전신을 밀며
남자의 전신 속으로 걸어 들어간 일시가

일치한,

동일시에, 남자 안에서 눈 뜬 여자의

저, 눈에,

빛이.

첫

밤에 바람이 하늘을 건너다

한 사람이 떠나다 나는 한쪽이 어둡다 몇 사람이 차례
로 떠나다 나는 여러 군데가 잇달아 어둡다 한 사람은 끝
내 죽다 나는 끝까지 어둡고

어둔 내가 나를 가리키고

나를 만지는

나와 나의 언저리와 나의 바깥이 다만

어둠일 뿐이므로

눈 뜨기 위하여 미리 눈 감은

새벽에

반드시 눈빛이 하얀 한 사람이 먼저 눈 뜨고 나를 보는
시점에서 빠르게

빛이

내릴 것이므로

나의 처음에 첫 빛이 닿는 순간에 나를 시작하는 것은

고작,

한,

점,

흰, 떨림이므로,

창

먼 하늘에 뻗어 있는 나뭇가지가 이쪽 공중에 비쳐 보이는 하루입니다

이쪽 공중에 비쳐 보이는 나뭇가지는 비었고 먼 하늘에 뻗어 있는 나뭇가지에는 덜 익은 열매가 달려 있습니다

나는 손을 뻗습니다 먼 하늘에 달려 있는, 아직 익고 있는 열매를 옮겨서

이쪽 공중에 비친 나뭇가지에 매답니다

비로소 이쪽 공중에 뻗어 있는 나뭇가지가 먼 하늘에 비쳐 보이는 하루입니다

문득, 모르는 새 한 마리가 이쪽 공중에서 먼 하늘로 이쪽 나뭇가지에서 먼 나뭇가지로 옮겨 앉습니다

이쪽 공중에서 다 익은 열매가 지금, 먼 하늘에서 떨어지고 있습니다

물비늘

물고기를 안아서 길렀다 은빛 비늘이 등을 덮었고 눈
자위가 흰 놈이다

한밤에도 뜨고 자는 눈 가장자리에 눈썹 털이 자라는
백 년이 지나갔고

다음 해부터 헤아려서 백 년을 더 기다린 다음에는 그
다음 해가 와서

깊은 바다의 깊은 바닥에 자리한 물고기의 집에도 비
늘이 돋는 때에는

물고기의 집이 검푸르고 길게 숨죽여야 들여다보이는
해구海溝이므로

물이 흐르며 꿈틀대고 뒤치는 때마다 갓 돋는 새 비늘
들이 번뜩이는데

물에 비늘이 돋는 소리는 백 년이 여러 번 지나가는 소

리보다 조용해서

또 백 년이 길게 지나가도록 귀를 갖다 대어도 사람은
못 듣는 것인지

물비늘 몇 개 집어서 들고 만지작거리는 해에 손바닥
에 비늘이 돋는,

가리키다

발가락들이 가지런하다 아래는 발 밑바닥이다 더 아래
에, 사람의, 밑이, 깊다

수그리고, 꺾고,

목소리 낮추어
부른다 대답하는 목소리는 잠겼고
더

낮다

낮은 아래에 더 낮은 아래가 겹쳐서 가장 낮은 아래가
비쳐 보이는, 낮은 목소리보다 낮은 아래에서 더 낮은 목
소리가 울리는

음영을,
음영의 얇은
한
겹을,

집어서

손바닥에 얹는다 살갗 아래에서 빛이 인다 뼈와 살과
주름살이 겹쳐서

비친다

바람 불고, 날려서 흩어진다 머리 위가, 공중이, 드높
이가

비었다

거기다

소설小雪

마지막 숨을 비운 뒤에도 긴 백 년이 한 번 또 한 번 지나가도록 누워만 지낸 다음이다 미라가 된 누이가 한쪽 무릎을 세우고 앉아서 손톱을 깎고 있다

흰 손톱 조각들이 몇 개 떨어졌고 조금 전부터는 눈물 묻은 눈초리며 손가락 마디가 꺾이는 소리며 잔뼈끼리 부딪는 자잘한 기척들이 섞여 떨어진다

소실점

뜬 새가 공중이 된 높이에다 점 하나를 찍었다. 반짝였고, 아직 반짝인다.

돌을 집다

돌 하나를 집어서 손바닥 위에 올려놓았다 돌 하나 밑에 돌의 그림자 하나가 생겼다

돌의 그림자 하나는 얇다 돌 하나에 눌린 돌의 그림자 하나가 오목해지면서 오그라든다

오그라든 돌의 그림자 하나가 돌 하나를 감쌌다

돌 하나를 감싼 돌의 그림자 하나가 있고, 돌 하나의 그림자에 감싸인 돌 하나가 있고,

돌과 그림자는 각각이고 돌 하나를 감싼 적막과 돌의 그림자 하나를 감싼 적막이 각각이다

돌과 그림자와 적막은 겹겹이고 적막은 몇 겹을 겹쳐도 투명하다

간극

돌멩이 한 개다

살펴보니

돌멩이와 밑바닥의 사이에 돌멩이의 그림자가 끼어 있
다 무릎 씻고, 꿇고, 숨은 죽이고

손 뻗쳐서

겨우

그림자를 빼냈다 그림자는 얇고, 그림자를 빼낸

얇은

간,

극,

위에, 가볍게

그림자는 없는 돌멩이가

얹혀 있다

새소리

창밖에, 나뭇가지에
앉아서
주둥이를 들고 우는 새가 보인다
창 안에, 탁자
위에
유리컵이 놓여 있다

창유리는 밝고
새와, 새소리와, 새소리가 울리는 공중과, 새소리는 못
가 닿는
저어
하늘까지

투명하다

하늘은 조용하고, 조용한 하늘이
새소리 울리는 공중으로 번졌고, 공중이 조용해졌고
조용한 공중은
번져서

나뭇가지로, 나뭇가지에 앉아서 우는 새에게
닿았고
뚝, 울기를 그친 새가 고개를 돌리더니
조용히
나를
보았고

내가 조용해졌고

조용하므로 투명한
것이
창유리를 투과했다고,
팅,
유리컵이 울렸다고,

가슴 바닥이
문득
차갑다고,

찬 물방울 하나 떨어진 것이다,

라고

자작나무 그늘은 희다

흰 자작나무와 가지런히 흰 자작나무가 선, 흰 자작나무 사이에 흰 낮달이 떠 있다

아침에는 서리가 발등을 덮었다 나는 목뼈가 굳고 등허리가 차다 무릎뼈가 식었다

서리 걷힌 지표면이 투명하다 땅 아래에 뻗은 자작나무의 흰 뿌리가 들여다보인다

흰 자작나무의 그늘은 희고, 나무 무늬도 희고, 흰 나무 무늬를 비추는 햇살도 희고

자작나무 가까이에 사는, 머리칼이 흰, 흰 뼈가 내비치는, 눈빛이 흰 사람이 낯익다

투광 透光

나뭇잎이 말랐다 기공에 맺힌 산소 알갱이들이 흩어지
고 색소는 바스러졌다
바람 불고
엽질이 부서져서 날렸다 그물맥만 남았다
이튿날은 서리가 내렸다 서리의 결정들이 얹혀서 빛나
던 그물맥이 마저 부서져 내렸고
하루가 느리게 지나갔고
나는 하루를 더 멈추고 아직 가지 끝에 달려 있는 그물
맥의 희미한 형상形相을,
햇살이 올올이 투과하는 기억의 윤곽을 본다
눈 뜨고
땅 아래에 누운 이의 눈동자에 빛이 든다

자국

   높은 나무가 운동장 가에 서 있다 해가 기울면 하늘이 낮아지고 낮은 하늘은 우듬지 끝에 닿는다 긁는 소리가 난다

   어제부터는 날씨가 더욱 맵차고 하루해가 더욱 급하게 기울면서 하늘은 더욱 낮아져서 여러 번 우듬지 끝에 닿았고

   득, 득, 긁는 소리가 났다 어느새 해는 지고 없는 겨울 저녁의 벌써 얼어붙은 하늘 바닥에 긁힌 자국이 여럿 나 있다

그 뒤에

1

창틈으로 새어든 햇살이 여자의 머리칼을 비췄다
손 내밀어
여자의 빛을 만진다
맑다

2

안개 속에서
젖은 손가락이 맑았다
안개는 걷혔고
아직
목덜미가 맑은 것은,

메아리는 사라졌고
메아리의
사라지고 없는 무게를 받쳐 든 손이

또
맑은 것은,

3

물의 결, 물의 무늬, 물의 빛깔, 물의 입자, 물의 단위는
맑다

물을 들여다보는 나와 나를 들여다보는 내가
하나로 겹친
한 겹이
물의
표면이다

채찍을 휘둘러서 때렸고, 소리가 날 때까지
물은 정점을 밀어 올렸다
맑다

4

저녁이 와서 들녘 끝에다 등불을 켜 건 날의
밤에
별 하나와 다른 별 하나가 마주 빛났고
새벽에는
두 별이 지평으로 내려왔다
맑다

5

꿇고 엎드리며 눌러서
흙바닥에
나를 찍었다
두 무르팍의 자국과 두 손바닥의 자국과
이마 자국과 흙 묻은 이마가 모두
맑다

6

흰나비의, 날개로 흩어져 있는 흰 날개를 비추는 햇살
은 희고
　나는
　맑은,

월식

월식에, 여자의 얼굴을 먹었다. 먹다가 남긴, 여자는 이목구비가 없다. 눈썹만 남은 여자, 오래 기다려서 눈썹이 흰 여자, 달이 뜨는 어림에다 눈썹을 매달아둔 여자, 의 흰 눈썹이 눈썹달로, 조각달로, 반달로, 온달로, 둥실 떠오른 만월로, 환한 달빛으로, 빛 밝은 달밤으로 진화했고, 처음부터 달밤은 추웠고, 달빛이 얼어붙었고…… 달빛 깔린 땅바닥에 서 있어서 발바닥이 언 남자가 얼음 든 검지를 세워서, 가리킨다.

지문

    저어 높이에서 티끌 한 점이 빛난 다음이다

    여러 사람은 말라서 바스락거리기도, 몇 사람은 닳아
서 뼈가 비치기도 한다

    한 사람은 낡았고, 해졌고,

    해진 살 밖으로

    손가락뼈가 튀어나온, 손가락뼈의

    끝마디에

    인주 묻은 지문이 찍힌,

여자와 물그릇이 있는 풍경

여자가 손가락을 만지더니 금색 반지를 뺐다 여자의 손가락에 금빛 햇살 오라기가 감겨 있다

〈잎은 지고 없는 나뭇가지다 넓은 잎사귀에 빗방울 듣는 소리가 난다〉

벗은 발로 걸어온 여자의 발바닥이 흙투성이다 땅바닥에 찍힌 여자의 발자국에 흙이 묻었다

〈찬물 담아서 물그릇을 놓던 자리다 물그릇의 물빛 윤곽이 남아 있다〉

이마는 희고 이맛살이 파인 여자는 눈자위에 실핏줄이 말라붙었다 속눈썹이 젖고 지금 운다

〈동풍이 지나가고 젖은 구름이 걷힌 뒤다 갠 하늘에서 물냄새가 난다〉

목 길고 허리는 가는 여자의 그림자 안으로 눈은 크고

어깨는 좁은 여자가 들어가서 눕는다

〈물방울 여럿이 수면에 얹혔다 무거운 몇 개는 수면 아래에 잠겨 있다〉

여자가 여기에 서서 건너다본 물 건너편에 어제 죽은 여자가 서서 여기를 건너다보고 있다

겹, 들

손바닥을 말렸다 흙먼지와 볕 부스러기들을 털어냈다
말라붙는 느낌은 닦아냈다

손금부터 걷어냈다 손금 없는 손바닥에 깔리는 정적
한 겹도 조심스레 걷어냈다

살의 무늬와 살의 결과 살의 온기와 살의 냄새와 살의
촉감을 숨죽이고 벗겨냈다

핏줄의 가닥들과 힘줄의 오라기들과 바짝 마른 살점들
과 굳은살 몇 점을 집어냈다

해진 한 겹을 들어냈고 질긴 한 겹을 들어냈다 얇은 한
겹이 또 있다 또 들어냈다

손뼈가 드러났다 가늘고 가볍고 마디는 닳은 뼈 도막
들을 작은 것까지 주워냈다

툭, 툭, 뼈끼리 부딪치는 소리를 집어냈다 우묵하게 뼈

에 눌린 자국들을 집어냈다

마지막 겹은 이름이 없다 다만 겹 하나가 손바닥이 놓여 있던 흔적을 덮고 있다

두물머리

가지를 몽땅 잘린 나무가 물가에 서 있다 나무 밑에 멎은 물은 넓고 조용해서

나무와 그림자가/ 물에 눕고 또는 나무의 그림자만/ 물에 눕는다

누운 나무의 그림자가/ 와 누운 나무의 그림자만/ 의 누운 두 그림자는 수평이다

선 나무와 그림자가/ 와 선 나무의 그림자만/ 의 두 그림자는 수직이겠는가, 하고
밤까지 기다려서

나무 꼭대기에 얹힌 별과 물 위에 얹힌 별빛의 낙차를 읽는다

물 위에 얹힌 별빛은 금방 가라앉아 물에 묻혔고 다음 차례로 물 위에 얹힌 어둠의
그 안쪽에 서 있는

그림자가/ 있는 나무는 그림자는 없고 그림자만/ 있는 나무는 그림자조차 없는 것을 읽는다

그러고는,

이 밤은 오직 어둠이고 나무도 그림자도 오직 어둠이어서 팔 뻗치어 오직 어둠 속을 더듬는
손끝에

불현듯 와 닿는

가지가 쭉쭉 자란, 꼭대기가 높은, 몸체가 곧은, 헛것 아닌, 온전한 나무 한 그루를 만진다

실루엣

날개를 반듯하게 편 검독수리가 공중에 떠 있다. 검독수리는 눈빛이 하얗고, 검독수리가 눈빛이 하얘져서 내려다보고 있는 저어 아래 땅바닥에는 반듯하게 날개를 편 검독수리의 그림자가 찍혀 있다. 검독수리의 그림자는 그림자이므로 검게만 찍힌 오직 검은 그림자이고, 오직 검은 그림자의 바로 아래 바닥에는 오직 검은 그림자의 그림자이므로 또한 검은 그림자가 찍혀 있다. 오직 검은 그림자와 또한 검은 그림자를 차례로 들추고 들여다본 가장 아래는 캄캄한데, 캄캄한 가장 아래에서 문득 하얀 빛이 움직인다. 검독수리의, 눈빛이 하얀 그림자 하나는 가장 아래 어둠 속에 묻혀 있는 것이다.

제2부

물빛

물에 담근 발가락 사이에 은백색 비늘들이 자란다 물
은 차고 찬 냄새가 난다

물에 손바닥 얹어서 자국을 찍는다 저기서 여기까지
찍힌 자국이 여럿이다

물에 바람이 스치면서 잔물결이 일어서 밀리는 물낯의
무늬가 잘다 조용하다

물에 비친 하늘은 개어서 환하다 물은 밑바닥까지 비
치고 물과 하늘이 말갛다

물에 돌 던져서 부수었던 얼굴의 조각들이 가라앉아
있다 들여다보며 부른다

묻다

새들이 집중하는 하늘을,
햇살의 경사를 빠른 걸음으로 걸어 오른 새를, 빛의 꼭
대기에 이르러서 빛무리 속으로 날아오른
새의 높이를, 높은 구름의 아래를 지나는
잦은 날갯짓을,
날개깃에 구름이 스치는 디테일detail을,

묻다

땅거미가 그을던 그해의 늦은 가을을, 치켜세운 손가
락에 그을음이 묻던 무렵에
내가 바라보던 저 사람의
어둔 등허리를, 저 사람이 바라보던 그 사람의
검정 묻은 뒷모습을, 그 사람이 바라보던 지평 너머를,
거기로부터도 까맣게 먼
오늘을,

묻다

거기에 있지만 이름을 모른 여럿을, 이름 불렀으나 오
지 않은 한 사람을,
내가 나를 만지는
나를,

묻다

뒤통수를 비춘 빛이 두개골에 스미어 환한, 앞이마가
밝은 잠시간을,

묻다

저무는 들녘에 내려앉는 새떼를, 새떼 아래에 고인 흐
린 물빛을,
튀어 오른 물고기의
지느러미가 번뜩이는 짧은 묘사를, 그때에 손등을 때
리는 물방울의
단단한 무게를,

문득

지평에 간 가을을 돌아다보는 풍경과 남은 가을을 바라보는 풍경이 이어져 있다

밤에는 별이 굵었다 기대고 선 기울기의 뒤쪽에 나뭇잎들이 날리고 내려 쌓이고

대낮 마른 냇바닥에 정적이 깔렸다 돌은 희고 돌끼리 닿는 소리는 들리지 않는다

오래 걸어간 사람은 까마득하다 아주 멀리 가서는 사라지기 직전에 돌아다본다

바라본 사람과 사라진 사람 사이가 순간 조용하다 한 순간이 지나가고 바람 불고

여기와 저기에서 바람의 조각들이 흩날린다 흩어져 있는 지푸라기 몇 낱 줍는다

들녘에서 서리 덮고 누운 새가 두 눈을 뜨더니, 주둥이

와 발톱에서 빛이 일더니

　날갯짓을 한다 공중에서 멎은 새와 땅바닥에 찍힌 새
의 그림자가 날기 시작한다

저녁에

저녁을 만졌다 어슬하고 긴 음의 조성과 느리고 거뭇한 음영을 만졌다

목덜미에 얹히는 어둑어둑한 명도를, 눈 아래에 깔리는 땅거미의 두께를 만졌다

멈칫 또 멈칫 다가오는 기척을, 지척에 이르러서 숨죽는 낌새를 만졌다

눈 그늘이 어둡고 자주 젖어서 수줍던, 자주 울고 숙였던 미안한 기억을 만졌다

눈은 뜨고 죽은 사람의, 뜬 눈의 눈자위를, 바짝 메마른 눈빛을 만졌다

낮으며 잠기는 지평과 지평에 돋는 불빛과 불빛 아래에 받쳐 든 흰 손을 만졌다

반쪽이 암흑인 얼굴의 까만 쪽을, 검댕이가 묻어나는

광대뼈를 만졌다

　놓아두고 깜빡 몰랐던 다른 손을 들어서 어깨 너머 다른 쪽의 식은 등을 만졌다

　등 너머에 서늘한 어림을, 거기보다 먼, 손끝이 시린 언저리를 만졌다

　먼 어디에서는 휘고 더욱 먼 어디에서는 굽으며 모퉁이를 돌아간 시간의 궤적을

　오래 걸려서 만졌으나

　쫓아 걸어가며 시간의 잔마디들을 짚었던 손자국도 하나씩 헤아리며 만졌으나

　나를 만지지는 못했다

설렘

설렘이다, 안개 속에 맺힌 이슬방울 수만 개는 몇 수만 빛깔이 결정結晶한 것인가 반짝거린다

설렘이다, 남자의 가슴에다 가슴을 대고 잔 여자가 오래된 그림자를 끌며 지평으로 걸어가는

설렘이다, 낮은 하늘은 둥글하게 굽었고 햇무리가 둥글해진 아래에서 무지개가 둥글하게 휘는

설렘이다, 남자가 던진 돌은 강 건너에 닿았는지 여자는 물 위를 걸어서 강을 건넜는지 묻는

설렘이다, 가지들이 가지에다 가지를 걸친 이래에 높은 수풀 위로 은하의 물소리가 흘러가는

설렘이다, 남자는 여자를 소리쳐 부르고 되울리는 낮은 목소리에 목소리를 낮추어서 되부르는

설렘이다, 잎사귀 피고 열매 맺히고 씨앗이 단단해진

이튿날에 열매 익는 높이가 손에 닿는

　설렘이다, 저문 날에 빛 속으로 사라지는 것들의 수런
거림을 남자가 어두워지며 혼자 듣는,

벌레소리

어깨 젖는 궂은비며 등허리가 척척한 장맛비며 발가락
이 추운 가랑비가 내려서

잠 젖는 여러 밤이 여러 밤 전에 끝난 뒤에 온몸이 말
랐으니 날마다 날은 개고

빗금을 그으며 창틈으로 새어든 햇살이 웅크리고 앉은
등허리선을 비추는 것은

살과 뼈에 빛이 드는 기울기의 아래에서는 소리 착한
벌레가 우는 풍속이어서

벌레소리 깔려 있는 찬 바닥에는 찬 이슬의 알갱이들
이 흩어져서 빛나므로,

손

한 사람은 높은 사다리에 올라 공중의 언저리를 만지
는 때에, 그이의 손이 떨리는 높이에 머무는 때에, 손바닥
을 펴 얹으면 아무 데나 손가락뼈의 하얀 자국이 찍히는
때에, 다른 한 사람이 나뭇잎 하나와 나뭇잎의 그림자 하
나를 겹친 다음에 그림자는 없는 나뭇잎을 들어 보이는
때에,

그를 지운 그가 떠났고 너를 지운 네가 떠난 때에, 서쪽
을 가리키는 사람은 눈이 붉고 배경에서 저문 바람이 숨
죽는 때에, 등뼈가 붉어진 사람이 입 크게 벌리고 손가락
넣어 토악질을 하는 때에, 죽은 사람이 조막손을 펴더니
손금까지 마저 죽은 사람의 까만 손바닥을 보여준 때에,

나는 외진 한 손을 옮겨서 나의 외진 한 손을 쥐는,

투영投影

해밝은 햇살이 내려서 지상이 밝다 돌멩이 놓인 바닥
에 돌멩이 지국이 눌렸다

나무 아래에 나무 그림자가 파였고 물가에 선 나무는
잠겨 물그림자가 되었다

어제 저문 날이 또 저물면서 돌멩이와 나뭇가지와 부
서진 볕 조각들이 빛났고

오늘과 내일 사이, 벌어진 틈새로 지는 해가 내려갔다
엎드려서 눈 크게 뜨고

땅 아래쪽 가장 낮은 아래에 누가 있어서 등불을 켜 건
깊이에 긴 빛이 닿는

죽어서 오늘 묻힌 사람이 먼저 묻힌 사람의 두 손을 그
러쥐는, 쥔 손을 본다

눈 결정結晶

우기에 귀가 젖었다 물 고인 대지는 무르고 깊었다 두 발이 모두 빠졌다

건기에는 목이 말랐고 발등이 야위었다 흙먼지 날리는 땅을 가로질렀다

하늘이 먼저 식고 나는 등허리가 식는다 웅크리고, 웅 크린 나를 품었다

날개는 부러졌고 절름거리며 겨우내 걸어온 새가 발목 꺾이어 넘어진다

눈이 밝은 첫 사람이다 허리 꺾고 굽히더니 흰 눈 조각 하나 집어 든다

조각난 눈의 결정에 새가 디뎠던 자국이 찍혀 있다 눈 은 다시 내린다

첫눈

하늘 쪽에서 누가 기침을 했다. 쳐다보고, 옷깃 여미고, 두 손을 가지런히 펴서 몸 밖에 내놓았다. 내려다보는 사람의 눈빛이, 눈까풀에 돋은 실핏줄이, 속눈썹 밑에 드리운 눈썹 털의 그림자가 보였다. 거뭇거뭇 눈 아래가 어두워진 다음에는 캄캄해진 말씨로 더듬대며 죽음 뒤를 미리 말하는 쉰 목소리가 들렸다. 나는 손이 식었고, 몸이 떨렸고, 전신을 떨었고, 떨면서 날리면서 가뭇가뭇 내려와서 손바닥에 앉는, 그해에는 첫눈이 하루 미리 내렸다.

석탄기

태백 탄전 지대에 들어 가장 깊은 탄층에서 캐낸 화석
에 손을 얹는다

조심스럽다 잎줄기에 어긋 붙은 잎사귀들은 길쭉하고
촘촘한데, 까맣게 눌려 찍힌 잎사귀 낱낱에는 하얗고 단
단한 이슬 알갱이가 한두 알씩 맺혀 있다

고사릿과 식물 한 본의 아침이 3억 몇 천만 년이 지나
도록 조용하다

줄임표
— 부호 1

한 꺼풀씩 꺼풀이 부스러지며 낡는 알돌이 있고, 한 꺼
풀씩 꺼풀이 부스러지며 낡는 알돌에 날아와 앉는 새가
있고, 한 꺼풀씩 꺼풀이 부스러지며 낡는 알돌에 날아와
앉더니 돌연히 고개를 눕혀서 부리를 세우는 새가 있고,
한 꺼풀씩 꺼풀이 부스러지며 낡는 알돌에 앉아서 돌연
히 부리를 세우더니 그때부터 부리가 닳는 새가 있고, 그
때부터 닳는 부리가 다 닳은 다음에는 전신이 마저 닳아
서 동글해진 새가 있고, 점점이 까만 점을 찍으며 걸어가
는 동글고 까만 새가 있고……

빗금
── 부호 2

빗발/빗물, 이렇게 썼다. 빗발과 빗물 사이에다 내가
빗금을 그었는가, 걱정하는 하루 내내 비는 내리고, 빗금
을 타고 흘러내린 빗물이 발등에 떨어지는, 내 발등이 파
이는,

점
— 부호 3

수평 너머 먼 바다의 먼 수평 너머 더 먼 바다의 더 먼
수평 너머로 바다는 전면적이 된다 바다의 가운데에서
섬은 작아지며 전면적에 찍힌 점이 된다

그 점에 사람이 산다 눈자위가 바짝 말랐고 닳은 사지
에서 소금 냄새가 나는, 숙이고 걸어갈 때에 목덜미가 빛
나는, 점 위에 찍힌 점 하나가 반짝이는,

밑줄
— 부호 4

새는 목을 늘인 새이고 새와 나의 사이가 환한 날씨를
본다

햇살 오라기가 나에게 닿기까지 시간은 길게 뻗친 선
분인가

나를 따라 걸어온 나의 발자국이 조용한 한 줄로 찍혀
있다

발자국들 아래에다 밑줄을 긋고, 밑줄 아래에다 허공
을 깔고

두려워 소리쳐 부른다 눈 흡뜨고 높은 데서 우는 새를
본다

물방울 1

물그릇에 채워둔 물 안에서 물방울 한 개가 자라고 있다. 아침마다 눈 비비고, 물 한 주먹 얹어서 두 눈 고루 씻고, 들여다본다.

물방울 2

물 안에 들어 있는 물방울이 둥글다. 손 씻고, 집어서, 꺼내서, 손바닥에 얹는다. 손바닥에 얹혔고, 오래 지나도, 물방울은 둥글다.

물고기자리

　여러 해가 지나가도 바라보고 서 있더니 돌이 된 사람
을 안다

　야위고 손가락이 자랐다 굳어 돌이 될 때까지 제 몸을
만졌다

　돌은 오래 닳아 반질하고, 집어서 쥐기도, 던지면 물에
얹힌다

　파문의 중심으로 걸어가서 허리 꺾고 들여다본다 물이
보인다

　물밑에 물고기가 눈 뜨고 잔다 눈언저리에 맑은 잠이
깔렸다

　눈자위에 별자리가 하나 도드라졌다 손 씻고 조심해서
만진다

　흘러간 강은 하늘 밑에 닿았고 남은 사람은 우두커니

혼자다

　물가 자갈밭에 고만한, 가변, 조약돌들 놓여 있다 집어
쥔다

구름의 뼈

여자가 야위면서 공중에 바람 지나간 자국이 났다 구름의 뼈가 비쳐 보인다

여자의 그림자가 물 위에 누웠다 햇살에 닳은 가지들이 머리 위에서 빛난다

여자를 벗기고 무릎과 발목을 만졌다 어둔 살 그늘에서 검은 음영이 자란다

여자와 있는 풍경이 눈 내리는 풍경과 겹쳤다 나무 가시에 눈송이가 꿰인다

여자는 눕고 나는 벗은 뼈를 여자의 뼈에다 얹는다 닿는 소리끼리 부딪친다

적막

위쪽은 적막하다 적막은 얇고, 유리질이고, 메말랐고, 가장 적막할 때에 소리를 낸다

그가 긴 팔을 길게 뻗치어서 적막을 건드린다 적막은 금이 가는 때에도 소리를 낸다

적막에 금이 가고, 부서지고 쏟아진다 날이 선 파편의 예각이 그의 정수리에 꽂힌다

정수리에서 이마로, 눈썹으로, 눈꺼풀로, 눈시울로, 눈 자위로, 눈동자로, 금이 뻗는다

눈은 부서졌고, 쏟아져서, 비었다, 빈 눈에 고인 하늘이 보일 만큼 그와 나는 가깝다

하늘은 멀고

바람이 지나가는 공중에 가지가 뻗쳤다 이파리들이 팔락이며 바람을 닮는 때다

저기 선 나무는 내가 걸어가서 기대는 거리와 적합한지, 눈여긴다

강물은 흘러서 지평과 하늘을 적셨다 하늘이 비치는 지평에 바다가 밀물하고

젖는 지평과, 하늘과, 물 밀리는 수평이 겹치면서 울리고 되울리는 파동이 인다

하나를 부르고 모두를 부른 다음에는 누구의 대답을 기다리는지,

여러 해가 지나가도 대답이 없는 것은 대답 없는 대답인 것인지,

야위어 가변 것들은

고된 것들이 가벼워져서 높은 높이에 닿는 것을
미리
살핀 것인지,
낮은 것들이 더욱 낮아진
깊이가
발아래에 있다

해와 달과 지구의 중심에는 누가 있어서 집중하는지,
집중하므로

비를 씻는 빗줄기와 비에 씻기는 빗줄기가 나란하고
빗소리는 가지런해져서
며칠째 비 내리고
젖으며 또 하룻날이 젖는 이튿날에는
문득

갠 하늘의 조용한 아래를 누가 걸어가는지,

대륙의 복판에 닿은 그가

지팡이를 들어서 두드리는 때에

올리는 돌의

소리가

상형象形하고, 자획이 되고, 글자가 되고, 이름자가 되

고, 이름이 되어 부르는,

나는 떨며 떨리는 목소리로 대답하는

다음 순서에 그는

한 표지標識가 찍힌 손바닥을 펴들어 보이는, 나는 내

손바닥을 펴고 들여다보는……

제3부

빗방울을 줍다 1

장마 끝나고, 빗줄기에 눌렸던 음영이 수풀 바닥에 깔렸다 음영 위에는 바람에 쓸린 잎사귀들이 덧깔려 있는 것이어서,

잎사귀와 잎사귀들의 사이와 사이에는 굵은 빗방울의 자국들이 파여 있기도 한 것이어서,

가까운 잎사귀에는 부서지지도 이지러지지도 않은 빗방울 한 알이 얹혀 있는 것이어서,

조심스럽게 집어서 볕에다 내어놓는다 사나흘 말려서 단단해진 다음에 깨물어 보이고 치켜들어 보이면서……, 말하겠다

빗방울을 줍다 2

아침부터 내리기 시작해서 하루 내 빗소리 자욱하다
온몸이 척척하다

빗줄기는 돌에 부딪치고 돌 틈에 박혔다 여기저기에
빗방울들 쌓였다

손 내밀어 빗방울을 받는다 단단하고 치밀한 밀도가
손바닥에 얹힌다

창밖 나뭇가지에 빗방울들 매달렸다고 적어 보낸 날에
사랑은 끝났고

발 벗고 철벅거리며 물소리 밀리는 들녘을 걸어간다
물소리는 흐르고

자주, 또, 빗방울을 줍는다 몇 번은 멈춰 서서 뒤돌아
보고, 또, 줍는다

과수원

손가락들을 씻어서 겨드랑이에 묻었다 겨드랑이 밑에서 풀벌레들이 우는 무렵이다

낙과들이 밟히고 발 딛는 소리가 모퉁이를 돌아간다 돌면, 모퉁이 뒤는 또 모퉁이다

하늘 밑이 거뭇하다 눈물 그득한 눈으로 눈물 그득한 눈을 들여다보던 늦은 시간에

눈 감았다가, 지금 뜨자, 감쪽같이 혼자가 되었다 떠난 사람은 어느새 발등이 식겠다

저녁 안개는 푸르고 안개 젖은 나뭇가지 너머에서 이른 달이 떠오르는 그 시간이다

오래전부터 듣고 싶은 말이 있다 달빛과 사람의 사이 등거리에다 램프를 켜 건다

순간에

    햇빛이 열매의 형상으로 결실했다 동글고 익은 것 발
광하는 것들이 가지 끝에 달렸다

    나무 밑에 들어 그늘 한 평을 경작했으나 그늘의 가장
자리에는 초록 이끼가 자랐으나

    먼저 내가 말랐고 그러므로 그늘이 말랐다 그늘 문양
과 언저리에 이끼가 말라붙었다

    잎 진 가지 아래는 그림자만, 뿐이다 미안해서 한 해를
보내는 나는 눈초리가 야위고

    마른 풀밭 너머로 풀씨 날리던 날에 날아서 흩어진 날
벌레떼는 먼지밭에 떨어져 있다

    그림자와 햇살과 열매와 그늘의 사이에 틈새들이 보인
다 가까운 틈새는 그 사이 춥다

    입 벌리고 서서 서리 덮인 하늘을 쳐다보았으나 벌써

84

윗니는 식었고 아랫니는 얼므로

    소스라치고 소리 나게 윗니와 아랫니를 맞문다 순간
에, 순간의 딱딱한 두께를 깨문다

초승

숙인 다음에 구부렸고 구부린 다음에는 꺾은 다음이다 꺾인 그의 허리 어림에서

뼈 부러지는 소리가 난다 뒤통수가 헐벗었다 센, 흰, 머리카락 몇 올 말라붙었다

해 걸려서 고인 눈물이 눈자위를 적시더니 전신으로, 외진 가장자리까지, 번졌다

낮바닥의 전 표면이 떨렸고, 슬픔의 알갱이들이 떨리는 표정을 밀며 흘러내렸다

그가 들여다보고 있는 지구의 그림자는 까마득하고, 까맣고, 까맣게 멀다 거기에

초승달이 빠져 있다

늪

물잠자리가 물풀 위에 앉아 있다 눈은 툭 불거졌고 검고 가는 배는 길이가 느린 한낮이다

물비늘은 은색이고, 말랐고, 가벼워서 점점이 물에 떴다 햇볕이 한 조각씩 얹혀서 빛난다

물방개가 헤엄치는 시간이 아까부터 길다 아래에 가라앉은 하늘에는 비늘구름이 깔렸다

물밑에 사는 물고기는 오래된 지느러미가 낡았다 내민 주둥이가 해졌고 이빨들이 닳았다

물과 하늘의 사이, 손바닥이 겨우 끼이는 간극을 물잠자리가 날개를 부딪치며 날아간다

해안선 1

큰 바다가 깊어진 간밤에는 수많은 별빛이 내렸다 지새운 아침까지 이마가 밝았다

해안이 환하다 햇빛의 입자들이 쏠리면서 누가 끄는지, 별 자락 끌리는 소리가 난다

갯물 냄새 나고 갯가 돌밭에, 마른 돌들 틈새기에, 갯물 마른 얼룩 몇 점 끼어 있다

돌바닥에는 지느러미 자국이 찍혀 있기도, 배 밀고 지나간 자국이 눌려 있기도 한다

실뱀이 소금꽃 핀 개흙 바닥에 누워서 허물을 벗는다 벗은 전 길이에 뼈가 비친다

진종일 잔모래가 날고, 날리고, 하루가 길다 멀리서 부는 바람이 먼바다를 넘어온다

드는 물에 밀려온 밀물이 발끝에 이르렀다 발바닥이

차고 수평선은 눈높이에 있다

　수염이 희고 귓구멍이 둘 뚫린 수염고래가 두 귀 내놓
고 듣는다 어디서 섬이 운다

해안선 2

밀물에 밀려온 물방울 한 개가 바닷가 모래밭에 놓여 있다 걸어온 한 사람이 긴 허리를 꺾더니 집어서 윗주머니에 넣었고

허리를 ㄱ자로 꺾은 사람이 ㄱ자로 꺾인 그림자를 끌며 한여름 긴 한나절이 느리게 가는 해안선을 느린 걸음으로 걸어간다

동지

하늘에 희끗희끗 눈이 묻었다. 들판에, 지푸라기에, 내가 찍은 발자국에, 눈이 묻었다. 흙바닥을 쓸고 간 바람의 자국에, 바람에 불리어서 떠오르는 새의 날개깃에, 눈자위에, 부리에, 발톱에도, 눈이 묻었다. 마른 눈이 날리는 들 가운데로 걸어가서 고개 젖히고 쳐다보면 보인다. 해와 달 사이에 눈 묻은 새가 떠 있다.

남자

1

물밑에서 물고기가 운다 깜장 물잠자리가 들여다본다
튀어나온 두 눈이 까맣다

남자는 물잠자리를 보고 있다 눈초리가 희끗하다 눈썹
그늘에 눈자위가 하얗다

2

유리창 밖에는 비가 내리고 비에 젖는 땅바닥에 앉아
서 비를 맞는 나비가 보인다

나비는 주둥이를 닦았고, 날아올랐고, 날며 날개를 털
었고, 팔락거리며 아직 난다

3

둥근 달과 둥근 달무리와 하늘은 맑고 해는 붉은 나날
에 초록 별이 무척 돋았다

남자가 횃불을 들고 별에서 별로, 보름달로, 낮달로, 한
낮으로, 해를 보고 걷는다

4

몇 달과 하루가 간다 가지는 가늘고 가지 아래에 누운
남자는 사지가 수척하다

햇살이 속살을 비추므로, 뼈마디가 비치므로, 사랑하
므로……, 눈언저리가 말랐다

5

물고기가 우는 물의 깊이와 나비가 날며 젖는 날씨와 별이 돋는 높이는 아득하고

맨몸 밖으로 뼈가 드러난 남자는 극명하다 저기서 혼자 있었고 여기서 또 혼자다

음각 陰刻

여자는 처음이고 까맣다 입 크게 벌리고 쳐다보는 실루엣에 까만 이가 돋았다

여자는 속눈썹 털만, 속눈썹 털의 그림자만, 눈초리만, 눈빛만, 눈자위만, 하얗다

새털구름에서 얼음의 알갱이들이 반짝이는 무렵이다 여자의 혀와 가슴을 만졌다

여자는 얼룩졌고 반점들이 찍혀 있다 긴 팔과 가는 허리와 긴긴 다리를 벗었다

여자는 적막하다 머리끝에서 발뒤꿈치까지 어디에다 귀를 대어도 숨소리가 없다

제4부

공중에

날다가
흠칫, 공중을 움킨 솔새
순간에
제 발가락을 오그려서 오그린 제 발가락을 움킨 것인데
아직
매달려 있다

바위 아래에 머문 아홉 날의 기록

바위가 높아서 종일 쳐다보았다, 머물렀다 이튿날은 일찍 저녁이 오고 바위는 검어지고

나는 어두웠다, 머물렀다

바위에 발부리가 닿더니 발톱이 빠졌다 파묻고, 머물렀다 하루는

바위 그늘에 눌려서 납작해진 발등을 치우고 뼛조각 몇 집어냈다, 머물렀다

긴 목을 길게 빼고 긴 주둥이를 내민 새가 긴 날개를 펄럭거리면서 바위 속으로 들어갔다, 머물렀다

바위에서 물 흐르는 소리가 났다, 머물렀다

바람 일고 티끌들이 날아오르더니 쳐다보이는 바위 머리에 회오리가 섰다, 머물렀다

붉은 별이 궤적을 그으며 바위를 돌았다 바위는 선 자
리에서 돌았다, 머물렀다

하루 더 머문다, 바위가 운다

웅덩이

물 안에다 금을 긋는다 이쪽이 안쪽이다 눕는다 물이
몸 안으로 흘러든다

물이 드나드는 몸이 된다

갈고리를 걸어서
물의 몸체를 끌어올린 적 있다 매달고, 매단 물의 배사
면背斜面을 손바닥 펴서 때렸다
물방울들이 튀었다

끌어내려 바닥에다 부려놓은 다음에는 물낯을 때렸다
물비늘들이 날았다

물은 거기서부터 흘러서 오래 흘렀고, 닳았고

야위어서

물 흐른 자국과 흐르며 야윈 자국과 남은 실물줄기가
한 선분으로 바라보이는 여기에 이르고, 고여서

사무쳤다 손바닥 얹는다

물에서 돋은 가시가 찌른다

소한

손마디에 흙먼지가 묻었다 바람 냄새가 난다

포도에 얼룩진 햇빛의 잔영들이 사라지고 사람의 어깨
너머가 저물면서

가까운 곳과 눈자위가 춥다 하늘에 어제 죽은 별들이
산재한다

거기는 길 건너에 있다 탁자는 환하고 빈 찻잔이 놓여
있다 그 사람은 늦게 왔다가 방금 갔다

불 끄고 기다리던 시간과 불 켜놓고 떠난 시간의 사이
에, 시간이 어긋물린 틈새기가 있다 눈 대고

본다

나와 가로수의 사이가
이 가로수와 저 가로수의 사이가, 저 가로수와 다음 가
로수와 그다음 가로수의 사이와 또 사이가

점, 점, 점,
멀다
한 사이 더 먼 가로수 아래로 누가
웅크리고 간다

걷는다

삼한일三寒日

새 한 마리는 발가락 사이에 낀 얼음 조각을 쪼고 있다
새 한 마리는
언 땅에 깔린 냉기를 쪼고 있다

새 한 마리는 나뭇가지를 쪼고 있다 새 한 마리는
나뭇가지의 그림자를 쪼고 있다
겨우내
나뭇가지가 마르며 굳는
소리를,
나뭇가지에서 서릿발이 자라며 바스락대는 소리를
쪼고 있다

새 한 마리는 추운 무릎에 앉아 있다 꽁지깃에 눈이 묻
었다 새 한 마리는
가는 다리에 소름이 돋았다

새 한 마리는 늑골 아래에 숨어 있다 꺼내어 손바닥에
놓는다 잠깐만 울고 날아간다
새 한 마리는

또
손바닥에 앉아 있다 날아간 새 한 마리가 찍은 발자국
위에
날아와서
앉는
새 한 마리의 발자국이 찍힌다

새 한 마리는 부리와 눈자위와 발가락이, 꽁지깃이 까
맣다
한밤에
금빛 날개를 저으며
아직,
날아간다

새 한 마리는 지친 날개를 펼쳐서 공중에 올려놓는다
공중이 된다
새 한 마리는
눈 뜨고
얼음 덮인 들판에 누워 있다

눈빛이 희다

새 한 마리는 보이지 않는다 몇 해째 하늘의 어디를 날
고 있다

종장終章

　기침에 먼지가 묻다 책장은 희고, 자획은 검고, 닳은
펜촉과, 뿔테 안경과, 탁자와, 금 간 탁자 유리와, 부딪쳐
서 부서지는 햇살과, 잉크 얼룩과, 검지의 끝마디에 눌려
있는 이빨 자국과, 신열과,
　자세한 것들이 반짝이다
　폐肺 벽에서
　핏줄 하나가 출혈하다
　이하를
　생략하다
　죽은 머리끝에서 죽은 발끝까지 전체를 당겨서
　고정하다
　사람의 전 길이와, 죽음의 시작에서 주검의 끝까지 먹
줄 놓아서 줄 친 길이가
　일치하다

전정殿庭에서

판석들은 바닥에 깔렸고 모서리가 모서리에 닿았다 소
리가 났다 소리의 바깥은 정적이다

돌사자는 앞발을 세우고 앉아서 어금니가 뾰족하고 발
톱이 자랐다

나는 늦게 자란 발부리가 돌에 닿았다 소리가 났다

돌에서 각이 튀어나오며 정적에 닿았다 소리가 났다

구름이 새겨진 돌계단을 딛고 올라가서 쳐다보니 하늘
이 저기다

머리 위로 튀어나온 정적의 모서리에서 소리가 났다
정적의 각지고 단단한 모서리가

하늘의 각지고 단단한 모서리에 닿았다

전신에서, 일시에, 모서리들은 모서리에 닿으며 뼈마

디들은 뼈마디에 닿으며 소리가 났다

하늘이 가깝다

비문증 飛蚊症

고인 물에 비친 하늘에 자잘한 것들이 난다

나란하지 않는 것, 과 것들과 가지런하지 않는 것, 과 것들과 어지러운 것, 과 것들의 사이사이로
가는 빛이 든다

눈썹 그림자를 걷어내고 눈 그늘을 걷어냈다 눈 가장자리와 언저리를 닦고
눈 뜨고

그어서 불을 켰다
불길이 지나간 지층과, 지층을 가른 균열과, 틈새에 박힌 어둠과, 어둠에다 새긴 자획과
행간에
모기의 경로가 이어져 있다

모기가 보인다

반짝이며 나는 날갯짓과, 안구의 바닥에 깔리는

모기 우는 소리와, 모기 우는 소리가 닳으며 닳는 소리
가 닳는
적막을,

봉합한

이음매의, 튼 틈새로 든 모기 한 마리, 이리로, 저리로,
저기로, 동공 속을 날아다닌다

프로필profile

손바닥에 풀물이 들어 있었다 아무 데나 손자국이 찍
혔다

여자가 왔다 가는 손가락이 여럿이고 자주 아팠다 그
가 창백해졌다

모난 턱뼈가 모난 턱의 바깥으로 튀어나왔다 턱 아래
에서 가슴께로, 아랫배까지
할퀸 자국이 자랐다

크게 입 벌려 보였다 캄캄한 목구멍 안에서 목숨 새는
소리가 났다

사지 끝이 추운 날이 오고 무릎이 얼어서 달그락거렸
다 걸어서
물로 내려가서

얼음 바닥에다 주둥이를 대고 기어간, 아가미는 낡았
고 꼬리지느러미는 긴 물고기를,

새하얀 배비늘 자국을 만졌다

이후로, 그가 없다 완벽하게 없어서 탓하는 말을 못
한다

벽과 모서리의 사이나 잠깐 엿본 틈새나 어제 떠난 사
람과 오늘 오는 사람의 시차에서
언뜻 스치는 그를 본 것인지

흐릿하다 또는 아니다 그는 불명하다

균열 1

돌멩이를 집고, 겨누고, 팔매질하는 순서는 생략한다
손가락을 세워서 가리키므로 바라본 하늘에 긴 금이 가
있다

지상에 깔린 지 오래된 볕에 잔금이 가고 잔조각으로
부서진 그다음을 아무도 말해주지 않는다

누구인가 굳은살이 박인 손바닥을 이마에 얹는다 나
는 두 눈 감고 두개골에 금이 가는 소리를 듣는 동일시가
있다

균열 2

눈꺼풀이 얇았다 아랫입술을 깨물었다 이빨 자국에 핏물이 배었다

나를 만지는 버릇이 생겼다 콧등은 날카롭고 광대뼈 아래에서 딱딱한 그늘이 만져졌다 손톱이 빠졌다

눈꼬리가 길게 파인 가면을 벗었다 눈구멍에 어둠이 차 있었다 어둠 속에 손 넣어서 표정 두셋을 집어냈다

어떤 표정도 지쳤고 눈물 냄새가 났으므로

너는 이지러졌고 그는 창백했고 나는 불경했다 사람들은 너와 그와 나의 사이를 왜곡했다 큰 소리로 막말을 해댔으나

시대가 우, 울, 했……던 게다

어깨 너머에서 옆구리까지, 옆구리를 돌아서 가슴팍까지, 금이 가 있던 나는 나를 부수었고, 뛰쳐나간,

균열 3

꿇고 꺾고 짚고 엎드렸다 내 손자국에다 내 손바닥을
포갰다 목 안에서 모래 흐르는 소리가 났다

주먹 쥐어 돌 위에다 올려놓았다 돌을 때리기도, 들어
올려서 눈 크게 뜨고, 보면서, 눈을 때렸다

바람 소리가, 가지들이 부딪치는 소리가 났다 스치고
부딪치고 섞는 것들을 뒤섞는 소리가 들렸다

무심히, 에서 잠깐까지, 한동안까지, 그때까지, 손을 움
켜서 쥐었다 거꾸로 박힌 비늘이 나를 찔렀다

빈 병에 꽂힌 햇살이 반짝이며 발열하는 때에, 병 유리
가 금 간 때에, 쇠못을 콘크리트 벽에 박았다

쇠못이 콘크리트를 먹으며 자랐다

겨울 나그네

 눈이 내리고 또 쌓이는 도시에서 설동雪洞을 파고 들어앉아 여러 날째 불을 켰다

 폭풍설이 지나는 날에 눈에 묻힌 나를 밟고 간 자는 누군지 추위를 질러간 자는,

 눈 내린 시가의 소요와 눈 그친 뒤의 차가운 고요를, 눈에 잠적한 시간의 길이를

 기억하는지, 갈 길을 몰라 머뭇거린 시간이 걸어온 길을 돌아본 시간보다 길었다

 낯선 자는 모퉁이에서 물었고 혹자는 계단 끝에서 물었으나 팔을 뻗어 가리켰던

 작은 새가 작은 날개를 파닥이며 날아간 하늘이 저무는 하늘보다 엄연한 것 안다

 언 거리는 금이 갔고, 서성대는 자는, 헤매는 자는, 바닥에 사지를 펴고 눕는 때에

 숨어 사는 자는, 눈꼬리가 긴 자는, 익명인 자는, 그림자를 끌며 골목을 오르므로

 두 무릎 사이에 고개를 묻은 자는, 숙이고 귀 기울이는 자는, 등허리가 식은 자는,

 각자는, 타자는, 저마다 웅크리고 밤을 지새우는 그자

의 기침소리를 들을 것이다

　한랭전선이 깔린 교외에는 얼음기둥이 자라고 찬바람
이 바람벽을 세우는 계절에

　혼자 바라보는, 며칠이 지나면 사라질 별자리 하나가
지구 바깥에서 반짝거린다

모서리

나와 나의 가장자리와 언저리에 눈이 쌓였으므로 나는 발바닥이 얼어서 걸으며

얼어붙은 바닥에 또 넘어졌다

더듬으며 모퉁이를 돌아간 사람은 벽 아래에서 멈추고 어둔 하늘을 쳐다보는지,

누가 하늘에다 돌을 던졌는지,

밤에 잠이 오지 않았다 별과 별 사이로 눈과 바람이 지나갔고 한 별은 떨어져서

내가 못 가본, 먼 땅에 묻혔다

봉우리에 올라 불을 피운 사람은 누군지, 누구도 죽음과 혁명을 말하지 않았지만

달빛이 찬 이마를 비추는 거기,

산 자들이 꿇는 묘역의 너머는 아직도 절규이므로, 광
장에서 촛불을, 너는 횃불을,

켜 들고, 밤을 지새운 그날에

흩날리는 눈발 사이로 얼음 언 하늘이 언뜻언뜻 비쳐
보이던, 그 겨울의 안쪽에다

다시, 추운 손을 질러 넣는다

나의 안 어둔 귀퉁이에 부대끼며 닳으며 발열하는 몇
개의 날 선 모서리가 있다

4월 16일*을 주제로 한 목관 소나타의 젖음과 맑기의 변주

눈 감고

물 아래를 걸어가는 아이들의 발자국에 물 젖은 발자국을 겹쳐 찍는,

사람들은 오래 걸어서 멀리 가며 또 해가 지나도 걸음을 멈추지 않는,

한 다리를 끌며 걸어온 사람은 머물지 못하고 걸어가면서 절뚝거리는,

간밤에 이름 부르며 지나간 사람은 아직 부르며 모르는 곳을 헤매는,

실루엣에

비가 내리는,

추운, 기대고 빗소리를 듣는, 발등이 젖는, 어깨가 기

운, 이마가 씻기는,

　서로 번지고 서로 스미고 서로 섞인 사람들은 하나로
흘러 떠내려가는,

　여자는 물 위에 사지를 벌리고 누워서 붇고 팽배하더
니 기어이 범람한,

　큰 바다가

　두꺼운 때에

　바다의 두께를 뚫고 내리뻗은 번갯빛이 가장 깊은 바
닥에서 부서지는,

　수없는 사람이 수없는 촛불을 켜 들어 비추는 공중이
비치는 높이에는,

　눈 뜨고

물 젖은 공중을 걸어서 건너가는 아이들의 맑은 발뒤
꿈치들이 비치는,

* 2014. 4. 16.

제5부

입석리立石里

   수척하고, 발뒤꿈치가 닳았다 말을 분식한 시기의 어림을 몇 해째 배회한다

   집 밖으로 나온 사람들이 오래 걸어가며 지상에 돋는 불빛들을 바라보는 때

   나는 멈추고 내 뒤에 멈춰 선 나를 돌아본다 죄를 묻겠다 한다 하루가 길다

*

   사방에서 나뭇잎들이 검어지며 되새떼는 솟구쳐 산등성이 너머로 사라졌고

   사지에 소름이 돋더니 나는 야위고 손가락이 어제보다 길다

   손 씻고, 땅바닥에 떨어진 햇살을 집는다

뼈가 뼈에 겨우 닿던 어제와, 뼈에 닿은 뼈가 뼈에 부 딪치는 오늘의, 그 사이에 끼인,

손가락의 불거진 뼈마디를 만졌고

지금은 기다림이 그리움보다 긴 날날이므로 두 손 가 지런히 펴서 가슴에 얹는다

                              *

오디 익는 계절이 갔다 오디빛 놀 아래에서 그의 그림 자를 밟았다

오디 냄새가 났다 또 만나서 가슴을 겹쳤고 어깨뼈에 턱을 얹었다

쿨룩, 쿨룩, 잦게, 기침을 했다 물 적셔서 핏물 젖은 입 술을 닦았다

다시 떠나는 사람이다 걸어서 이른 저녁을 가며 눈꼬
리가 붉어졌다

나는, 나만 남았다 찬물 쥐어서 돌에 얹고 물 마르는
소리를 듣는다

*

풀잎에
이슬이 맺혔다
이슬에는
이슬의 그림자가, 풀잎에는
풀잎의 그림자가
겹쳤다 아래는
바닥이다

이슬,
과
풀잎,

과
그림자,
와
바닥,
에

빛이 스미면서

바닥,
과
그림자,
와
풀잎,
의
사이가

간절하다

간절한 것들의 중심에

이슬이

방울지더니

이슬방울 한 개가

풀잎에

매,

어,

달,

리,

고,

풀잎은 휘고

이슬방울은

툭,

떨어져서

툭,

그림자로,

툭,

바닥으로,

툭,

땅에,

묻,

혔,

다.

땅이 맑다

*

돌밭에서 돌냄새가 마른다 모른 체한다 나뭇잎에서 햇빛이 마른다 모른 체한다 햇살은 휘고 나는 어깨가 기운다

어제는 소식이 없고, 한로는 내일이고, 오늘은 느리게 하룻날이 간다

참새들이 모여서 바닥을 쪼고 있는 귀퉁이 말고는 전

면적이 여백이어서

발은 벗고 들어가도 죄가 안 되는 한나절에 머문 것이다

거기서 굵은 돌덩이 하나를 캤다 문질러서 씻고 물 부어서 헹구고 베고 누워서 오로지 한 사람을 생각한다

*

땅바닥이 굳었다 들판 이곳과 저곳에서 볕 타는 냄새가 난다 가문 철이 겹쳤다

등성이에 늘어선 나무들이 차례로 기울더니 넘어졌다 붉은 달이 떠올라서 겹쳤다

제 등짝을 지고 걸어가는, 어제에서 그제로 그해의 어디로인지 되가는 한 사내와

내민 모퉁이에다 발끝을 부딪친, 부서져서 그림자가
여러 조각난 사내가 겹쳤다

개가 짖고 뒷산 조림지 수풀 아래에는 느린 짐승이 긴
다 어슬하게 달빛이 겹쳤다

눈이 크고 검은 여자가 바라보는 들녘과 자욱하게 쓸
려가는 바람 소리가 겹쳤다

                              *

바위 밑에 사는 구렁이는 길다 사람이 보는데 굴 밖으
로 꼬리를 내놓았다

까마귀는 이마가 벗어지더니 울며 날아간다 숫돌에다
낫날을 가는, 수염이 뻣센 아제가 들돌을
  들어서
  어깨 너머로 넘겼다

귓불이 말라붙고 절름 저는, 사팔뜨기이고 목은 짧은 계집애의 부르튼 입술을 만졌다
방구석에다 귀뚜라미를 기르는
살찐 혀는 물컹하고 등짝은 얇아서 쉽게 눕는
여자와 잤다

*

서두르며 걷고, 걸리고, 넘어졌다 즈음-해서 벼랑에서 던진 돌이 밑바닥에 닿는 소리가 났다

빈 들과, 빈 들 너머가 빈 적막과, 적막보다 멀어서 나는 가보지 못한 그 너머를 바라보았다

가장자리이거나 언저리이거나 바깥이거나 숙이고 기댔거나 침잠했거나 오랜 칩거라 해도

간절한 것은 깊다 내가 나에게 집중한 깊이가 그중 깊다 소스라친 다음이다 신열이 난다

백 년 뒤에 사람들은 봉분을 허물 것이고 살도 가죽도
다 벗은 뼈를, 뼈를 허문 주검도 없는,

목숨이 목숨을 비운 깊이를 들여다볼 것이다 들여다보
면서 숙이고 천천히 넘어질 것이다

*

앞들에 고인 못에 지푸라기 몇 개 가라앉았다 꺾인 풀
대에 찔린 귀퉁이는 시푸르다

소금쟁이가 걸어가던, 물맴이가 맴을 돌던, 물잠자리
는 꼬리를 담근 자국이 나 있다

미꾸라지 몇 마리는 바닥에 박혀 있다 수염과 지느러
미와 식은 살을 질흙에 묻었다

늙은 붕어는 등비늘이 벗겨지고 주둥이가 해져서 물결

잔 물낯에다 이빨을 대고 잔다

*

　울음 울며 못 그치고 죽은 사람이 있다
　저녁이 와서 어둡고 공중에서 내려온 어둠이 물에 얹히더니 젖으며 가라앉는다
　손 넣어서
　물에 잠긴 어둠의 무게를, 사람의 손끝에 울음소리가 닿는 깊이를, 젖은 한 얼굴을
　만진다 물 아래에, 죽어서도 우는 사람이 있다

*

　모래톱에 가서 찍힌 발자국을 헤아렸다 저승으로 가는 혼들이 거기에 모여서
　늘 고프던 이승을 돌아다보곤 했다
　별 일곱을 새긴 칠성판을 눕히고, 굽은 마디는 펴서, 염한, 죽은 몸을 얹고 묻었다

죽은 이가 눈 뜨면 곧 보일
미리맡에다
별 일곱을 그렸다 별 일곱이 차례로 돋으면서
일곱 가지로
다른
피리 소리가 났다

식은 재로 혼을 덮었다 손가락에 재가 묻었다
또 긁는다

*

흙먼지 헤치고 널빤지를 들어낸 무덤 안에 늦게 죽은
내가 눈 뜨고 누워 있다면,
　그렇군,
　뜬 눈에 그득히 눈물이 고였다면,
　그렇군,
　들여다보며 눈물 그렁해지는 저 사람은 먼저 죽어서
나를 떠났던 그 사람이라면,

그렇군,

내가 묻힌 뒤에야 무덤 밖에 가서 나는 없는 세상에서 나를 찾아 헤맨 그가 나의

오직 한 사람이라면,

그렇군,

*

멀리 가는 사람을 가리킨다 바라보는 사람이 눈먼 뒤로 멀리 가는 사람과 바라보며 눈먼 사람의 사이가 어두워진다

사람과 사람의 사이가 오래되면서 오래 걸어간 사람의 발바닥이 까맣다

멀리 가는 사람은 끝 모르게 걸어가고 바라보며 눈먼 사람이 바라보는 시야에는 까만 발자국들이 끝 모르게 찍히고,

*

    멀리 가더니 소실점을 밟은 사람은 사라지고 없다 그
래도 소리쳐서 부르는 것은,

    가까이서 부르는 소리가 멀리서 울리는, 멀리서 울린
소리는 되돌아와서 되울리는,

    부르는 풍속이 그러하므로 그러하게 대답하는 풍속
인데

    부르는 소리와 대답하는 소리가 몇 차례는 더 부르고
몇 차례는 더 대답하면서

    목쉬면서, 목메면서, 희미해지는…… 없는 사람의 목
소리를 듣는다

앞에 간 이는 무거운 사람이다 버티고 앉아서 가뭄 든 한철을 견뎌내던 들녘 한쪽이나, 휑한 거처를 건너다보며 주저앉아 있던 마당 귀퉁이나, 생각이 깊어져서 정좌했던 너럭바위에는

눌린 자국들이 우묵우묵해서

늦은 가을비에도 빗물이 고였다 비에 젖어서 무거웠던 이는 죽어서도 무거웠던 게다 가다가 쉬며 앉아서 밤하늘을 바라보았을 한 자리가 우묵하더니, 오늘 밤에는 그득하게 달빛이 찼다

*

사람들은 사지가 말랐고 발뒤꿈치가 꺼멓다 여자는 가랑이에 정맥류가 자란다

뱀은 땅바닥을 기며 길게 자국을 찍었다 풀물에 젖은
비늘자국은 풀색이다

볕에 닳는 손등에서 탄내가 난다 부러진 햇살 여럿이
흙 두둑에 흩어져 있다

눈이 까만 송사리 여러 마리 주둥이들을 맞대고 물이
얕은 웅덩이에 모였다

툭, 툭, 떨어지다 마는 빗방울들은 부서졌고, 부서지다
만 몇 개는 금이 갔다

귀지 마르는 소리가 그쳤다 사시나무의 잔가지가 떨며
마르는 소리는 들린다

물에 죽은 나무가 서 있다 내려다보았다 나무 그림자
도, 죽은 그림자도 없다

*

씨족은 돌에다 성씨를 새겼다 해, 달, 별, 곰을, 구름 위
에 뜬 고깃배를, 도드라진 얼굴과 광배를 새겼다

아름은 아름이 넘고 키는 키가 넘는 큰 돌을 부리 끝이
굽은 큰 새가 긴 날개를 펴고 뜬 아래에 세웠다

내내 걸어온 발자국이 앞내에서 잘렸다 잘린 자국에다
뒤꿈치를 디디면 물 딛고 건너간 자국이 보인다

뒷산 암반층이 갈라진 틈새에 옛사람의 견고한 손바닥
이 끼어 있다 손바닥을 밀어 넣어 포갤 수 있다

누군지 오래 서서 타는 놀을 바라보았을, 그때에 붉었
을 눈자위의 색깔이 놀 비친 바위벽에 묻어 있다

*

선대는, 얼굴에 물 적신 창호지를 바르고 죽었다 바짝
마른 창호지 안쪽에는 우묵하게 눈두덩 자국이 찍혀 있
었다 숨이 마르고 남은 목숨이 마저 마르면서 코와 입도
말라붙더니 없어져버렸다 한다 변한 얼굴색이 검었다

당대는, 눈빛이 날카로운 칼잡이였다 찬 눈을 치켜뜨
고 긴 칼을 휘둘러서 닥치는 대로 물에 젖은 것들과 물이
마른 것들과 검게 변한 것들을 베었다 지쳐서 칼을 놓친
마지막에는 스스로 눈을 찌르고 손목을 잘랐다

후대는, 창호지로 싼 손바닥 하나를 주머니에 넣고 다
닌다 눈 코 입이 형체만 남은 얼굴이어서 표정이 불분명
하므로 밝은 날에나 찾아가서 묻는데, 분간이 안 되는 얼
굴을 들어서 하늘을 본다 볼에는 길게 칼금이 나 있다

*

마을 안 고샅에는 도랑물이 흘러서 물가에 놓인 돌들
이 씻기고 마실길이 씻겼다

물소리에 씻기며 사는 조손들이 오랫동안 닳았고 또
애달았다고 사람들은 말한다

힘겹게 누운 사람을 고루 씻긴 다음에야 숨이 지는 목
숨과 떠나가는 혼백에서는

흔하게 물 흘러가는 소리가 났으므로 하늘 천장에 도
랑물이 흐른다고 가리킨다

땅거미 깔리고 연기 냄새는 매운 저녁이 와도 산 사람
들은 사립짝을 닫지 않았고

아직, 도랑에 손 담그고 기다리는 사람이 있어서 물 밑
에 흐르는 물소리를 듣는다

*

가을걷이가 끝난 뒤다 울타리 너머 들판이 마르고 벌어졌다

아랫집 사내가 종적을 감췄다 손발톱에 때가 끼고 여러 해째 혼자 산 다음이다

나와 내가 사는 집의 아래와 그 아래가 저 아래까지 비었다

구름이 벌어진 틈새로 긴 햇살이 내렸다 움키어서 쥐고 낫날을 걸어서 베었다

손가락에 물집이 생겼다

흙바닥에 흙 묻은 피가래들이 떨어져 있다 가까이서 기침 뱉는 소리가 난다

문둥이가 문간에 앉더니 고개는 꺾고 잠들었다 무릎에 고추잠자리가 앉았다

무당이 와서 작두날에 올라섰다 콧날이 길고 눈초리가 날카로운 남자와 왔다

빠진 발톱을 어디에 묻었던지, 그사이 어두워진 산그늘에서 소쩍새가 운다

외진 자리에 멈춰 섰고, 돌이 서 있고, 누가 긴 손을 뻗치어 내 손을 잡는다

손이 긴 사람은 성스러워서 내 이름을 부른다 나는 내 이름을 잊고, 모른다

그가 한 이름을 세 번 부른 다음이다 내 이름을 내가 부르고 내가 대답한다

나는 등허리와 무릎이 굳고, 전신이 식고, 곧바르고, 선 돌은 나를 보고 있다

*

냇물은 며칠 전에 말랐고, 냇바닥에 깔린 조약돌은 가벼워서 몇 개가 바람에 날렸다

자잘한 햇살의 토막들이며 볕의 알갱이들을 한 움큼 봉지에 담아서 머리맡에 둔다

발바닥에 박힌 돌부리는 빼서, 버렸고, 먼지 털고 잠깐 누운 것인데 닷새를 앓았다

풀잎이며 이슬이며 돌멩이며 이웃이며 눈물이며 작은 것들을 사랑한 지난날이 갔다

추스르고 일어나서는 하늘에 묻은 흙먼지를 쓸었고 하룻날의 조용한 한낮을 닦는다

지평을 넘어온 추운 기운이 빈 들녘을 덮었다 나는 맨발로 서서 우두커니 바라본다

*

된서리의 무게에 눌린 풀잎들은 찬 땅에 누웠다 손가락과 발가락이 곱는다

새소리 흩어진 하늘이다 지나가는 바람 소리가 새소리보다 오래됐는가, 한다

사방이 한 뼘씩인 햇볕 한 조각이 한참이나 마당 한쪽

에 머문다 시장하다

허무한 안부의 언저리거나 혼자만 남은 인정의 근처를 더듬는다 하릴없다

헛된 말은 길고, 돌에 새긴 뱀의 허리께에 발톱이 까만 발가락이 둘 돋았다

눈 내려서 희게 덮인 들판 위로 쇠기러기떼가 울며 날아가는 저녁이 온다

*

각진 집 귀퉁이와 사방이 단단하다 막아 두른 탱자 울에는 가시가 여물었다

바람은 자라서 나뭇가지를 흔들고 회오리바람은 앞마당에 회오리를 세웠고

놋대야 가득 찬물을 담아 댓돌에 올려두었더니 처마 그늘이 내려와서 얼었다

엊그제 내린 눈은 흙먼지에 묻혔다 작은 새는 떨며 울고 젖은 눈이 까맣고

들 건너 먼 강에 깔린 얼음판이 빛난다 곧게 내린 햇살들 꽂히고 부러졌다

한밤에, 잠은 없고, 일어나 앉아서, 눈 감고, 얼음장 갈라지는 소리를 듣는다

*

나뭇가지에 새끼줄을 걸고
목매서 죽은 여자가
그 밤에
장독대에 괴어둔 물그릇을 들고 갔다
이래로

하늘은 물빛이다 겨울에는 얼고 낮으므로, 손 뻗쳐서
만질 수 있다
자주
손끝이 얼어붙고
가끔
가지런히 손바닥을 뉘어서 얼음장 깔린 하늘의 무게를
받친다
어제는 지붕 머리에 햇무리가 걸렸더니
오늘은
햇무리 뜬 하늘에 정화수 한 그릇
얹혀 있다

                              *

하늘의 뒤쪽 멀고 외진 구석에다 자리 잡아서 묻은, 올
해에 죽은 별의 깜깜한 무덤에
아직
누가 있는지,

간밤에 불빛 한 점이 빛났다

*

마을 앞 공터에 티끌이 날고 눈 묻은 언덕에는 금이 가더니

아침에 승냥이가 주둥이를 끌며 동쪽에 뻗친 등성이를 내려갔고 큰 새가 작은 새를 채어 쥐고 서쪽으로 날아갔다

눈치가 보인다고, 들키겠다고……, 문틈으로 내다본 사립 밖이 종일 조용하고

돌부리가 여럿 솟은 골목에는 센바람이 일어서 먼지기둥이 섰다가 쓰러졌다

오늘은 어제보다 춥고 잠깐만 내린 눈이 벌써 그친 하루가 다 저문 다음인데

또, 별이 떨어져서 땅이 울리고 돌들이 난다

더 머물 것인가, 걱정한다

* 이 시에는 장흥의 방촌리, 옥당리, 접정리, 건산리, 행원리, 기동리, 신풍리가 있다.

뼈와 물의 노래

권혁웅
(문학평론가)

1. 술어들의 존재론

언어학자 스티븐 핑커는 "명사와 결합한 접사로 시제를 나타내는 언어는 없다"고 주장한 바 있다. 이 주장의 밑바탕에는, 언어가 그 가능성을 온전히 펼치려면 일정한 제약이 있어야 하며, 그 제약을 받아들여야 보편문법이 출현하리라는 가정이 깔려 있다. 실체 – 행위자 – 부동자 – 불변자가 주어(명사)의 자리에, 상태 – 행위 – 운동자 – 가변자가 술어(동사)의 자리에 배당되어야 한다는 것은 언어의 무한한 조합을 만들기 위해서 맨 처음 수락해야 할 제약이다. 이 제약을 수락한다면, 언어에서 주어(명사)는 술어(동사)에 포획된 것으로만

나타날 것이다. "동사는 문장에서 누가, 무엇을, 누구에게 했는가를 전달하는 방법을 명령할 권한을 가지고 있다. 때문에 동사를 살펴보지 않고서는 문장 내에서의 역할을 구분할 수 없다. 이것이 바로 문장의 주어는 '그 행동의 행위자'라는 문법 선생님들의 말씀이 틀린 이유다. 문장의 주어가 주로 행위자이긴 하지만, 동사가 그렇게 명령할 때만 그렇다."[1] 동사가 상태와 시간과 운동과 변화를 부여하지 않으면 명사는 무시간의 연옥에서 부동의 가사假死 상태에 놓여 있어야 한다.

그런데 오스트레일리아 퀸즐랜드 원주민의 언어인 카야르딜드어(Kayardild)는 이 제약을 가볍게 넘어서버린다. 니컬러스 에번스에 따르면 "카야르딜드어는 동사뿐만 아니라 명사에도 시제를 표시한다. 예컨대 카야르딜드어로 〈그가 바다거북을 보았다〉라는 문장은 niya kurrijarra bangana인데, 과거 시제를 동사인 kurrij(보다)에 -arra로 표시할 뿐만 아니라 목적어 명사 banga(바다거북)에도 -na로 표시한다. 〈그가 바다거북을 볼 것이다〉라는 미래 표현 문장 niya kurriju bangawu에서도 미래 시제가 동사와 명사에 각각 -u와 -wu로 표시된다."[2]

1 스티븐 핑커, 『언어본능』, 김한영 외 옮김, 소소, 2004, p. 164.
2 니컬러스 에번스, 『아무도 모르는 사이에 죽다』, 김기혁 외 옮김, 글항아리, 2012, p. 24. 두 문장을 정리하면 다음과 같다.

우리말에 적용하자면 명사는 술어 없이도 자신에 따라 붙은 조사나 접사만으로도 제 자신의 시간과 상태, 운동을 표현할 수 있는 셈이다. 에번스는 앞의 말을 적은 후 다음과 같이 덧붙인다. "객관적으로 볼 때 카야르딜 드어 체계는 그리 기이한 것이 아니다. 시제란 사건 전체, 즉 동사에 의해 표현되는 행위뿐만 아니라 의미적 참여자의 시간적 위치를 나타내는 것이다."[3]

문법의 규약은 다른 방식으로 생각하는 것을 불가능하게 한다는 점에서 사고의 제약이기도 하므로, 한국어의 문법 체계는 한국어로 사고하는 틀을 결정할 것이다. 이것은 시에서도 마찬가진데, 그래서 시에서 왕왕 '시적 허용'이라는 말로 문법에서의 이런저런 일탈을, 아니 말의 용법을 넘어서는 의미의 생성을 용인하는 것이다. 잘 알려진바, 위선환 시인이 다시 시를 쓰기까지 30년이 걸렸던 것은 어쩌면 이 시적 허용——정확히는 시적 자유——을 한국어에서 보편문법의 일부로 재도입하는 데 걸린 시간이었을지도 모른다. 그는 1969년에 이런 구절을 썼다.

　　마침내

　　niya kurrij- arra banga-na.　　그가 바다거북을 보았다.
　　niya kurrij-u banga-wu.　　그가 바다거북을 볼 것이다.
　3　같은 책, pp. 24~25.

명증明證의 기인 회랑을 빠져나온

아침이

초록 빛살로 받쳐 든 한 식탁의

성숙成熟

그 풋풋한 언저리를 더듬는

손의 지향으로

지속持續은 다시 강을 이룬다.

—「선율」부분

산문으로 바꾸면, '아침 햇살이 복도를 환히 밝히고, 식탁에는 익어가는 초록(과일?)이 있다. 그것을 손으로 보듬고 있다' 정도가 될 것이다. 그런데 이 시에는 우리가 술어에 배당하는 상태, 동작, 시간['환하다, 익어가다, (시간이) 흐르다']이 주어의 자리('명증, 성숙, 지속')에 놓여 있다. 이 특별한 주어(?)를 다시 술어로 푸는 과정에서 상태는 상태로, 흐름은 흐름으로, 시간은 시간으로 강화된다. 이것이 이 시의 제목인 '선율'이 뜻하는 바다. 선율은 개별적으로 존재하는 소리가 아니라, 소리들의 연속 곧 고저, 강약, 박동에 따른 소리들의 흐름이다. 처음 시를 쓸 때부터 그는 보편문법 너머에서 생성되는 어떤 것을, 이를테면 명사(주어)의 존재론이 아니라 동사나 형용사(술어)의 존재론을 겨냥하고 있었다. 너무 이른 이 시도는 당시에는 받아들여지기 어려

웠을 것이다.

그 이후 30년 동안 시인은 시를 쓰지 않았다. 그는 공무원 업무를 보고(카프카가 보여주었듯 '공무원'은 '작가'의 반어적 분신이다), 클래식 음악을 듣고, 혼자 산에 올라 비박을 하며 산의 긴 침묵을 들었다. 그것은 보편 문법으로 수행되는 모든 시 쓰기에 맞먹는 무언의 시 쓰기가 아니었을까. 내밀한 시의 언어와는 정반대 자리에 놓인 공적 언어만을 쓰는 일, 문학과는 전혀 다른 작법을 가진 예술에 몰두하는 일, 아예 말의 바탕인 침묵을 응시하는 일. 긴 시간을 보낸 후 시인이 새로 쓴 시들을 갖고 나타났을 때, 이 시들은 우리 언어의 보편적 가정을 전복하는 특별한 언술을 내장하고 있었다.

위선환 시인이 그동안 낸 시집들은 [유년 내지 고향의 심상지리학이라고 해야 할 『탐진강』(문예중앙, 2013)을 제외하면] 모두가 술어로 끝나는 제목들을 갖고 있다. ①『나무들이 강을 건너갔다』(한국문연, 2001), ②『눈 덮인 하늘에서 넘어지다』(한국문연, 2003), ③『새떼를 베끼다』(문학과지성사, 2007), ④『두근거리다』(문학과지성사, 2010), ⑤『수평을 가리키다』(문학과지성사, 2014). 이 술어들은 주어 – 명사 – 실체 들을 벗어나서 존재하려는 술어 – 동사 – 상태 들의 술렁거림과 관련되어 있다. 술어들은 ① 정지가 곧 운동임을(나무들이 어떻게 강을 건너가지?), ② 위와 아래라는 위상의 상호성을(넘어졌는데 바닥이 아니라 하늘이라고?), ③ 대상과 언어 사이에 존재론적인 공모가 있음을('새가 날아간다'고 쓴다면 이를테면 'ㅅ'은 철자인가 새인가?), ④ 몸의 박동이 세계의 박동임을(새의 아득한 날아오름이 곧 두근거림이다), ⑤ 만상과 내가 평등하게 동거하고 있음을(세계에 n개의 사물이 있다면, 내가 빠지면 n-1개가 될 것이다) 투명하고도 선명하게 증거한다. 새로 낸 이번 시집만이 예외인데, 이것은 그동안의 시적 탐구가 이번 시집으로 완성—정확히는 일단락— 되었음을 의미한다.

2. '뼈'와 문턱 너머

이번 시집의 서시는 "바람아래에서넘어진자, 숨멎은자, 초분草墳에들이어뉘인자" 곧 사자死者를 소개하면서 시작된다. 그러나 죽음의 과정은 죽어서도 완결되지 않는다. 죽은 자는 "다는, 죽지못한자", 여전히 죽어가고 있는 자다. 시는 그 죽어감의 과정을, 육탈과 기억의 흩어짐을 세밀히 기록해 나가다가, 이런 대목에 이른다.

산자들이치르는, 마지막의례에서는, 뼈,로,만,일,정,하, 게,주,검,의,격格,과,틀,을,짓,는,것, 이므로,

남자의 뒤쪽 먼 어둠에서 눈동자는 까맣고 눈자위는 검은 영혼이 두 눈 크게 뜨고 본다

— 「죽은 뼈와 인류와 그해 겨울을 의제한 서설」 부분

살아 있는 자들이 거행하는 의례는 촉루髑髏로 완성된다. 다르게 말해서 촉루까지만 미친다. 그 이후에는 죽은 자의 삶, 곧 죽은 상태로 살아가는 삶 내지 살아 있는 죽음이 시작된다. 시인은 이런 상태에 다다른 죽은−삶 혹은 산−죽음의 몸을 "뼈"라고 부른다. 뼈는 죽음의 알레고리도 아니고 삶 너머에서 우리를 기다리는 폐허의 은유도 아니다. 뼈는 뼈다. 이 동어반복을 풀어 쓰면 이렇다.

골격은

사,람,과,죽,음,과,주,검,이,일,체,로,서,일,치,한,주,체,의,
형,식,인,것.

— 「죽은 뼈와 인류와 그해 겨울을 의제한 서설」 부분

뼈는 사람의 미래이며, 죽음의 상태이며, 주검의 표현이다. 이 셋이 만나는 한 극점, 사람의 끝자리이자 죽음의 들머리이자 주검의 주거지에 뼈가 놓여 있다. 뼈는 실체−주어−명사−불변자⋯⋯로 이어지는 보편문

법의 명명법이 그 효력을 다하는 어떤 문턱이다. 그것을 "형식"이라고 부른 것은 형식만이 '봄'(seeing)을 가능케 하기 때문이다. 우리가 무엇을 본다는 것은 그것의 형식을 알아본다는 뜻이다. 뼈는 실체도 아니고 실상이나 근원도 아니지만, 그것이 없으면 어떤 '봄'도 있을 수가 없다. 문턱으로서의 '뼈'는 어떤 제한과 제약을 넘어선 상태, 실체로서의 한정성을 넘어선 자리에 있다. 이 뼈가 놓인 "뒤쪽 먼 어둠에서 [……] 검은 영혼이 두 눈 크게 뜨고 본다" 같은 방식으로 말하자면 이 "영혼"도 육체와 대비되는, 육체가 파괴되고 나면 제 본연의 자리로 돌아가는 정신적 실체가 아니다. 영혼은 '봄'의 주체다. 이것이 실체가 아니라는 말은, 영혼이 '봄'을 수행하는 주인이 아니라 '봄'이라는 시선의 작용 그 자체를 이르는 말이기 때문이다. '보다'를 수행하는 작인 作因, '보다'가 아니면 아무것도 아닌 무無, '보다'를 통해서만 출현하는 비–실체의 이름이 영혼이다. 이 시의 속편에서 시인은 이렇게 쓴다.

모든, 들과 온갖, 들이 모든, 이며 온갖, 이자 하나, 가 되는 막대한 시공간이다

남자가 이마를 들었고, 허리를 세웠고, 무릎을 펴며 일어섰고

[……]

마침내
영원으로, 전신을 밀며 걸어 들어간 일시와
돌문을 밀고 나온 여자가 오래전에 죽은 전신을 밀며
남자의 전신 속으로 걸어 들어간 일시가
일치한,

동일시에, 남자 안에서 눈 뜬 여자의

저, 눈에,

빛이.

　　　　　　　　　—「돌에 이마를 대다 영원은,」 부분

　합장合葬은 저 문턱 너머에서의 '만남'을 이르는 말이
다. 갓 죽은 여자가 먼저 죽은 남자를 만나러 왔다. 둘이
만난 같은 일시[同日時]가 동일시同一視다. 이 겹의 시선
에 특별한 "빛"이 반짝인다. 이것이 이 시집의 제목인
'시작하는 빛'이다. 마침내 보편문법의 규약으로는 포
착될 수 없었던 특별한 세계가 이 빛 아래서 모습을 드
러내기 시작한다.

뜬 새가 공중이 된 높이에다 점 하나를 찍었다. 반짝였고, 아직 반짝인다.

—「소실점」 전문

점은 0차원에 존재하기에 방향(1차원)도 면적(2차원)도 부피(3차원)도 없다. 새가 까마득히 날아올라, 사라져가는 저 점도 문턱이다. 중세의 자연철학자 쿠자누스는 신을 다음과 같이 묘사했다. "그 중심은 모든 곳에 있지만 그 둘레는 어느 곳에도 없는 구球(Sphaera cuius centrum ubique, circumferentia nullibi)." 3차원 공간에서, 중심에서 동일한 거리에 있는 점의 자취를 구면球面이라 하고 그 구면으로 이루어진 입체를 구라고 한다. 고대부터 원은 가장 완전한 도형으로 알려져 있었다. 그 원을 180도(혹은 반원을 360도) 회전시켜 얻은 구야말로, 3차원에서 존재할 수 있는 가장 완전한 존재물이다. 신은 완전하고 무소부재無所不在한 중심이어서 구에 비유되지만 구와 달리 둘레가 없다. 둘레야말로 유한성의 표식이기 때문이다. 그래서 신은 점과 같다. 중심은 있고 둘레는 없기 때문이다. 뼈도 그렇다. 그것은 인간과 주검과 죽음의 형식이자 그것들의 중심(뼈가 몸의 중심을 이룬다는 것을 기억하자)이지만, 그것이 형식인 한 유한하지 않다(뼈가 살이라는 둘레를 잃어버린 몸이라는 사실을 기억하자).

수평 너머 먼 바다의 먼 수평 너머 더 먼 바다의 더 먼
수평 너머로 바다는 전면적이 된다 바다의 가운데에서 섬
은 작아지며 전면적에 찍힌 점이 된다

그 점에 사람이 산다 눈자위가 바짝 말랐고 닳은 사지
에서 소금 냄새가 나는, 숙이고 걸어갈 때에 목덜미가 빛
나는, 점 위에 찍힌 점 하나가 반짝이는,

―「점―부호 3」 전문

섬은 그것이 놓인 수평선까지의 바다와 그 바다가 놓
인 더 큰 바다와 그 너머의 더욱더 큰 바다……의 중심
이 되며, 그로써 하나의 점이 된다. 섬은 또한 그 섬에
사는 사람과 그 사람의 숙인 목덜미와 그 목덜미에 찍
힌 점……으로 좁아들어서, 하나의 점이 된다. 무한한
확장과 무한한 축소는 동시적이며, 이로써 뼈=점은 모
든 곳에서 발견된다. 그것은 어디에나 있으며 어디에도
없다. 뼈=점은 신이며 세계의 몸이다.

저녁을 만졌다 어슬하고 긴 음의 조성과 느리고 거뭇
한 음영을 만졌다

목덜미에 얹히는 어둑어둑한 명도를, 눈 아래에 깔리는 땅거미의 두께를 만졌다

멈칫 또 멈칫 다가오는 기척을, 지척에 이르러서 숨죽는 낌새를 만졌다

눈 그늘이 어둡고 자주 젖어서 수줍던, 자주 울고 숙였던 미안한 옛 기억을 만졌다

눈은 뜨고 죽은 사람의, 뜬 눈의 눈자위를, 바짝 메마른 눈빛을 만졌다

낮으며 잠기는 지평과 지평에 돋는 불빛과 불빛 아래에 받쳐 든 흰 손을 만졌다

반쪽이 암흑인 얼굴의 까만 쪽을, 검댕이가 묻어나는 광대뼈를 만졌다

놓아두고 깜빡 몰랐던 다른 손을 들어서 어깨 너머 다른 쪽의 식은 등을 만졌다

등 너머에 서늘한 어림을, 거기보다 먼, 손끝이 시린 언저리를 만졌다

먼 어디에서는 휘고 더욱 먼 어디에서는 굽으며 모퉁
이를 돌아간 시간의 궤적을

오래 걸려서 만졌으나

쫓아 걸어가며 시간의 잔마디들을 짚었던 손자국도 하
나씩 헤아리며 만졌으나

나를 만지지는 못했다

—「저녁에」 전문

시는 "만졌다"로 이어지는 긴 행들로 이루어져 있으
며, 이 행의 한쪽 끝에는 세계가, 다른 쪽 끝에는 몸이
있다. 나는 저녁을 만지고 "기척"과 "낌새"를 만지고,
기억과 죽은 이의 "눈빛"(새로 시작하는 그 '빛'이다)을
만지고, 지평선과 거기에 점점이 돋아나는 불빛을 만지
고, 멀고 먼 "어디"인가를 만진다. 세계는 "눈은 뜨고 죽
은 사람"의 "눈자위"에 담긴다. 그것은 실체 - 명사 - 불
변자로서의 세계가 아니다. 이를테면 저녁은 "어슬하고
긴 음의 조성과 느리고 거뭇한 음영"이며, "기척"은 "멈
칫 또 멈칫 다가오는 기척"이며, 지평은 "낮으며 잠기는
지평"이다. 변화하고 운동하는 동사들, 술어들의 세계

다. 세계는 앞에서 말했던 '바라봄'의 지평 위에 펼쳐져 있다. "눈은 뜨고 죽은 사람"이 바라봄의 주인이다. 이 (뼈 혹은 소실점이기도 한) 죽은 자는 세계의 지평을 가능하게 하는 영점이다. 그는 어디에도 없고(죽었으므로) 어디에나 있다(유한자가 아니므로).

그런데 세계는 그의 몸이기도 하다. 중심만 있고 둘레가 없는 점이나 신처럼 그는 무이면서 전체다. 계산기를 갖고 있다면 어느 숫자든 누른 다음 0으로 나누어보라. 무한대(∞) 표시가 뜰 것이다. 0으로 곱해보라. 0 자신이 뜰 것이다. 0으로 더하거나 빼보라. 처음의 숫자 그대로일 것이다. 0은 존재하지 않으나 무한히 있으며, 모든 것을 무로 돌리거나 모든 것이 그 자체로 있을 수 있도록 해준다. 0은 모든 존재자들(존재하는 숫자들)을 낳은 바탕—좌표의 중심이자 세계의 기준점—이다. 보라, 저녁은 "느리고 거뭇한 음영"이어서 그 "명도"는 목덜미이고 "땅거미"는 "눈 아래"이며, "지평선"을 "내 손"이 받쳐 들고 있고, 어둠은 음영이 진 얼굴의 "광대뼈"이며, 세계의 저편은 "식은 등"이다. 제 몸을 죽여서 세계의 질료가 된 창세신화의 거인들처럼, '나'라는 몸의 구석구석은 세계의 곳곳이 된다. 그래서 나는 나를 만질 수 없다. 세계가 세계를 만질 수는 없기 때문이다. 이 만짐을 위해서는 '뼈'가 다른 것과 만나야 한다. 그것이 물이다. 뼈가 '봄'의 주체이자 형식이라면, '만짐'

의 객체이자 질료는 '물'이다.

3. '물'과 이미지들

위선환 시의 물은 『탐진강』을 수원水源으로 두고 있으며, 거기서 흘러나와 그의 세계 곳곳으로 흘러든다. 앞에서 이 세계가 술어들의 속성인 변화와 운동으로 이루어져 있음을 지적했는데, '물'은 일차적으로 이 변화와 운동을 측정하는 단위가 되어준다.

물고기를 안아서 길렀다 은빛 비늘이 등을 덮었고 눈자위가 흰 놈이다

한밤에도 뜨고 자는 눈 가장자리에 눈썹 털이 자라는 백 년이 지나갔고

다음 해부터 헤아려서 백 년을 더 기다린 다음에는 그다음 해가 와서

깊은 바다의 깊은 바닥에 자리한 물고기의 집에도 비늘이 돋는 때에는

물고기의 집이 검푸르고 길게 숨을 죽여야 들여다보이
는 해구海溝이므로

　　물이 흐르며 꿈틀대고 뒤치는 때마다 갓 돋는 새 비늘
들이 번뜩이는데

　　물에 비늘이 돋는 소리는 백 년이 여러 번 지나가는 소
리보다 조용해서

　　또 백 년이 길게 지나가도록 귀를 갖다 대어도 사람은
못 듣는 것인지

　　물비늘 몇 개 집어서 들고 만지작거리는 해에 손바닥
에 비늘이 돋는,

　　　　　　　　　　　　　　　　　　　　─「물비늘」전문

물고기를 안아서 길렀다. 한밤에도 눈을 감지 않는
물고기에게 눈꺼풀("눈썹 털")이 생기는 데 백 년이 걸
렸고, 또 백 년이 지나자 "물고기의 집" 곧 물고기가 살
던 물속에서 "비늘"이 돋아났다. 마침내 "물이 흐르며
꿈틀대고 뒤치는 때마다 갓 돋는 새 비늘들"이 보였으
니, 그게 물비늘이다. 물비늘이 돋는 소리는 또 다른 여
러 백 년이 지나가는 소리보다도 고요했다. 물결에 비

치는 햇살, 그 순간의 어룽댐이 출현하기 위해서 걸린 시간이 수백 년이다. '물'은 바로 이런 순간과 영원이 조우하는 한 국면을 그려내는 캔버스이자 시간의 단위이다. 인간의 시간으로는 순식간瞬息間이지만 신화의 시간으로는 수백 년이다. 이처럼 긴 시간을 말아 쥔 채 떠오르는 순간을 우리는 이미지라고 부른다.

이미지는 응고된 시간이 아니다. 이미지는 하나의 기억, 하나의 사건, 하나의 소우주다. 유년의 기억에서는 어린 나와 가족이 살아가고, 첫사랑의 기억에서는 그/그녀가 막 고백을 끝냈으며, 파국의 기억에서는 마음의 건물들이 여전히 무너져 내리고 있다. 그것은 완료형이자 진행형이고 대과거이자 미래다. 기억 속에서는 모든 것이 중층 결정되어 있으면서도 하나와 다른 하나가 뒤섞이지 않는다.

뚝, 울기를 그친 새가 고개를 돌리더니

조용히

나를

보았고

내가 조용해졌고

조용하므로 투명한

것이
창유리를 투과했다고,
팅,
유리컵이 울렸다고,

가슴 바닥이
문득
차갑다고,

찬 물방울 하나 떨어진 것이다,
라고

—「새소리」 부분

　저 물방울 하나에 하늘과 새와 나뭇가지와 일치된 시
선과 (그 시선의) 유리컵으로의 이동이 있고(따라서 이
물방울도 소실점이다), '봄'의 주체와 객체 사이의 교환
이 있으며, 유리컵과 내 몸("가슴")의 일치가 있다. 물방
울은 '봄'이 펼쳐낸 세계의 화소畵素이자, 순간들의 순
간이다. 전자가 소실점이라면, 후자는 시간으로 변환된
일점, 곧 수백 년을 함유한 한순간이다. 물이 이런 단위
가 된 것은 그것의 유동적인 속성 때문이다. 물은 고이
거나 흐르고 반사하거나 투과하고 사라지면서도 흔적
을 남긴다. 이 시집에서 '물'은 무수하게 모습을 드러내

는데, 그것의 변주 또한 무수하다. 물이 모습을 달리해서 드러난 양상을 정리하면 다음과 같다.

1. 그림자: 물은 빛을 투과하지만 물을 지나간 빛은 산란되기 때문에 다 전달되지 않는다. 이 때문에 물은 본래의 상을 약화시켜 전달한다. 이것이 그림자다. 빛이 섞인 어둠, 잔상, 사물이 펼쳐놓은 자신의 형상 말이다. 이 시집에 예순세 번이나 나오는 '그림자'는 이처럼 물을 투과한 이미지다. 이로써 확정적인 것, 불변하는 것, 유한한 것은 유동적인 것, 변화하는 것, 무한한 것과 겹친다.

돌멩이 한 개다

살펴보니

돌멩이와 밑바닥의 사이에 돌멩이의 그림자가 끼어 있
다 무릎 썻고, 꿇고, 숨은 죽이고

손 뻗쳐서

겨우

그림자를 빼냈다 그림자는 얇고, 그림자를 빼낸

얇은

간,

극,

위에, 가볍게

그림자는 없는 돌멩이가

얹혀 있다

—「간극」 전문

돌멩이라는 실체가 있고 거기에 종속된 부가-존재로
서 그림자가 있는 것이 아니다. 돌멩이와 밑바닥 사이
에 끼인 저 그림자는 이제 얇디얇은, 점처럼 두께를 갖
고 있지 않은 그 무엇이며, 손으로 빼내어 돌멩이와 분
리할 수 있는 것이다. 그것은 이제 실체가 아니라 그것
의 변화를, 부동성이 아니라 움직임을, 사물이 아니라
사물과 사물 사이의 틈(비-존재)을 대표하는 것이 되
었다. 그림자와 유관한 시어로 잔상, 잔영, 그늘, 자잘한
것 등이 있다.

2. 흔적: 물은 증발하면서 사라지지만 그 뒤에 흔적
을 남긴다. '점'이 중심이 있고 둘레가 없는 존재라면,
물이 있던 '자국'은 둘레만 있고 중심은 사라진 존재
자다. 전자가 어디에나 있으면서 어디에도 없는 시점
(viewpoint)이라면 후자는 바로 거기에 있으나 그것의
실체를 찾을 수 없는 유령이다. 종이 위의 물방울 자국
처럼 흔적으로만 존재하는 이들이 있다.

월식에, 여자의 얼굴을 먹었다. 먹다가 남긴, 여자는 이
목구비가 없다. 눈썹만 남은 여자, 오래 기다려서 눈썹이
흰 여자, 달이 뜨는 어림에다 눈썹을 매달아둔 여자, 의

흰 눈썹이 눈썹달로, 조각달로, 반달로, 온달로, 둥실 떠오른 만월로, 환한 달빛으로, 빛 밝은 달밤으로 진화했고, 처음부터 달밤은 추웠고, 달빛이 얼어붙었고…… 달빛 깔린 땅바닥에 서 있어서 발바닥이 언 남자가 얼음 든 검지를 세워서, 가리킨다.

—「월식」 전문

눈썹만 남은 저 여자=달도 그렇다. 온몸이, 얼굴이, 이목구비가 사라지다가 마침내 눈썹만 남은 여자=달은 하나씩 제 몸에 걸치고 있던 명사−주어−실체−불변자 들을 잃어버린다. 그렇게 해서 남은 눈썹은 여자의 흔적이자 그믐달이다(그다음에 여자는 몸 전체를 잃었을 것이다). 변화가 지속되어야 하므로, 이 과정은 역으로도 반복될 것이다. 초승달은 다시 만월이 되어갈 것이다…… 이 순환은 물의 순환을 닮아 있다. 손바닥을 말리다 보면, 손금과 살과 핏줄과 힘줄과 뼈를 하나씩 걷어내게 되며, 종국에 가서 "마지막 겹은 이름이 없다 다만 겹 하나가 손바닥이 놓여 있던 흔적을 덮고 있다."(「겹, 들」) 이 흔적은 무명無名인 "마지막 겹"과 겹치며, 흔적=무명(겹)이자 흔적/무명 사이에 또 다른 틈을 벌려놓는다. 흔적으로 된 자화상 속의 그/나는 "흐릿하다 또는 아니다 그는 불명하다."(「프로필profile」) 흔적과 유관한 시어로 자국, 눈썹, 지문, 초승달 등이 있다.

3. 떨림: 흔적은 윤곽이기도 한데, 그것이 경계와 문턱을 지시할 때에는 실루엣, 껍데기, 언저리, 모퉁이, 가장자리, 언저리 등의 시어로 변주된다. 이것들은 물의 형식, 곧 물의 이미지가 '봄'의 작용에 포착됨으로써 생성된 것이다. 이 포착의 순간을 이르는 말이 떨림이다. 떨림은 물의 유동성에서 유추된 속성이다.

밤에 바람이 하늘을 건너다
한 사람이 떠나다 나는 한쪽이 어둡다 몇 사람이 차례로 떠나다 나는 여러 군데가 잇달아 어둡다 한 사람은 끝내 죽다 나는 끝까지 어둡고
어둔 내가 나를 가리키고
나를 만지는
나와 나의 언저리와 나의 바깥이 다만
어둠일 뿐이므로
눈 뜨기 위하여 미리 눈 감은
새벽에
반드시 눈빛이 하얀 한 사람이 먼저 눈 뜨고 나를 보는 시점에서 빠르게
빛이
내릴 것이므로
나의 처음에 첫 빛이 닿는 순간에 나를 시작하는 것은
고작,

한,

점,

흰, 떨림이므로,

─「첫」 전문

"언저리, 바깥, 어둠"이 모두 동의어임에 유의하라. "어둔 내가 나를 가리키고/나를 만지"면, "나"와 나의 윤곽들은 모두 어둠에 잠긴다. 다르게 말해서 희미해진다. "새벽"도 "눈 뜨기 위하여 미리 눈 감은" 시간, 곧 박명薄明으로 윤곽을 이룬 시간이다. 이때에 이르러서야 비로소 앞에서 말한 최초의 빛이 내려온다. '뼈'로 된 사람만이 볼 수 있는, 술어들의 세상을 비추는 그 빛이다. 그리고 그 빛이 닿은 순간 "떨림"이 일어난다. 자신을 비운 주체와 유령과도 같은 객체가 만나는 순간, 어디에도 없으나 모든 곳에 편재遍在하는 나와 가장자리는 있으나 실정적이지 않은 대상이 만나는 순간을 지칭하는 말이 '떨림'이다.

그런데 떨림은 한순간에만 지속되지 않는다. 이미지는 무시간적인 것이 아니기 때문이다. 떨어지는 물방울이 우주의 시작과 끝을 제 안에 품고 있듯이, 저 떨림은 모든 만상의 운동과 변화를 응축하고 있다. 모든 것은 진동하며, 진동수에 따라서 다른 것으로 모습을 드러낸다. 빛의 파장이 그렇고 소리의 파장이 그러하며 (끈이

론에서 말하는) 끈들의 진동이 그렇다. 색깔과 소리의 높낮이와 입자들의 출현이 모두 이 떨림에서 생겨난 것이다. 다음 시가 말하는 '설렘'이 이 떨림의 변환임은 묻지 않아도 알 수 있는 사실이다.

설렘이다, 안개 속에 맺힌 이슬방울 수만 개는 몇 수만 빛깔이 결정結晶한 것인가 반짝거린다

설렘이다, 남자의 가슴에다 가슴을 대고 잔 여자가 오래된 그림자를 끌며 지평으로 걸어가는

설렘이다, 낮은 하늘은 둥글하게 굽었고 햇무리가 둥글해진 아래에서 무지개가 둥글게 휘는

설렘이다, 남자가 던진 돌은 강 건너에 닿았는지 여자는 물 위를 걸어서 강을 건넜는지 묻는

설렘이다, 가지들이 가지에다 가지를 걸친 아래에 높은 수풀 위로 은하의 물소리가 흘러가는

설렘이다, 남자는 여자를 소리쳐 부르고 되울리는 낮은 목소리에 목소리를 낮추어서 되부르는

설렘이다, 잎사귀 피고 열매 맺히고 씨앗이 단단해진
이튿날에 열매 익는 높이가 손에 닿는

설렘이다, 저문 날에 빛 속으로 사라지는 것들의 수런
거림을 남자가 어두워지며 혼자 듣는,

ㅡ「설렘」 전문

모든 '설렘'이 손끝에서, 무지개의 만곡에서, 귀퉁이
와 모퉁이와 모서리에서, 지평 끝에서, 강 건너에서, 가
청 거리의 끝에서 생겨나는 것을 볼 수 있을 것이다. 윤
곽이 바스러지는 그 자리에서, 박모薄暮와 미광微光의
순간에, 소리와 시선이 가닿은 끝자리에서 어떤 떨림이,
곧 설렘이 일어난다. 기척과 낌새, 수런거림, 파문, 기
침, 기울기 등이 이와 유관한 시어들이다.

4. 거울: 수면水面은 거울이다. 물은 사물을 반사하여
즉각적으로 둘로 만든다. 물그릇, 물비늘, 물그림자 등
이 다 거울인데, 실상 이 시집에 나타난 '둘'은 모두 이
거울 효과다. 그런데 이 거울은 먼젓번 풍경의 역상逆像
에 그치는 것이 아니다.

먼 하늘에 뻗어 있는 나뭇가지가 이쪽 공중에 비쳐 보
이는 하루입니다
이쪽 공중에 비쳐 보이는 나뭇가지는 비었고 먼 하늘에

뻗어 있는 나뭇가지에는 덜 익은 열매가 달려 있습니다

나는 손을 뻗습니다 먼 하늘에 달려 있는, 아직 익고 있는 열매를 옮겨서

이쪽 공중에 비친 나뭇가지에 매답니다

비로소 이쪽 공중에 뻗어 있는 나뭇가지가 먼 하늘에 비쳐 보이는 하루입니다

문득, 모르는 새 한 마리가 이쪽 공중에서 먼 하늘로 이쪽 나뭇가지에서 먼 나뭇가지로 옮겨 앉습니다

이쪽 공중에서 다 익은 열매가 지금, 먼 하늘에서 떨어지고 있습니다

—「창」전문

창이 거울이 되어 "먼 하늘"과 거기에 가지를 뻗은 나무를 반사하고 있다. 원래의 나무에는 "덜 익은 열매"가 달려 있으나, 거울 속 나무는 비어 있다. 물의 이미지로서의 거울은 정물이 아닌 것이다. 그것은 변화하고 (풋과일이 낙과가 되었다) 운동하며(가지에 달려 있다가 낙하했다) 되감기된다(내가 과일을 옮겨 이쪽 가지에 달았다). 물의 표면이 만들어내는 이 거울에는 원본과 복사본이 따로 없다. 둘은 한 겹이다. "물을 들여다보는 나와 나를 들여다보는 내가/하나로 겹친/한 겹이/물의/표면이다."(「그 뒤에」) 실로 그렇다. 부동자不動者는 변화와 운동에 비추어 부동한 것이며, 운동자運動者는 불

변과 정지에 견주어 운동하는 것이다. 메아리, 겹, 공중
과 바닥, 검은 그림자와 흰빛, 여기와 저기, 사이, 틈새
가 모두 거울 효과로서의 둘을 의미하는 시어들이다.

4. '물의 뼈'와 물질―언어들

뼈와 물, 둘은 이합하고 집산하며 위선환의 시 세계
를 관통한다. 뼈는 살로 대표되는 유한성을 넘어선다는
점에서 보면 형이상학에 속한 사물이지만, 끝내 그 자
신의 물질성을 버리지 않는다는 점에서 보면 유물론적
인 사물이기도 하다. 본래 형이상학(metaphysics)은 자
연학(physics)의 다음 자리에 놓인 것―그 곁에 놓인 것
이다. 그의 시에서 뼈는 세계(자연)를 넘어서 있지 않고
세계의 옆에 혹은 내부에 있다. 뼈는 그 세계를 조망하
게 하는 시점(viewpoint)이자 그 세계=몸을 지탱하는 골
격(형식, form)이다. 위선환 시의 뼈는 유물론적 형이상
학의 가능성을 보여준다.

물은 그 속성으로 인해 영원과 순간을, 장소성과 유
령성을 결합하는 세계의 이미지다. 물의 이미지는 그림
자, 흔적, 떨림, 거울 등으로 변주되면서 '뼈'의 자리에
서 바라본 세계를 형상화해낸다. 뼈가 세계를 보는 시점
이라면 물은 그 시점에 의해 보이는 세계이며, 뼈가 둘

레가 없는 중심이라면 물은 중심이 없는 가두리다. 물은 고정된 사물처럼 포착되지 않는다는 점에서 초월적이지만, 그럼에도 불구하고 현상계 너머에 자신의 거처를 구하지 않는다는 점에서 보면 경험적인 것이기도 하다. 위선환 시의 물은 초월적인 경험론의 계보에 든다.

뼈와 물은 변화와 운동을 표현하는 새로운 주체와 객체이자 무와 유령의 존재론이며 무한한 것과 없는 것, 거기에 있으나 흔적으로 있는 것들의 표현형이다. 시인은 이번 시집에 이르러 드디어 새로운 존재론을 기술할 수 있는 주어와 술어를 확보한 것으로 보인다. 둘은 이렇게 교통交通한다.

물 안에다 금을 긋는다 이쪽이 안쪽이다 눕는다 물이 몸 안으로 흘러든다

물이 드나드는 몸이 된다

갈고리를 걸어서
물의 몸체를 끌어올린 적 있다 매달고, 매단 물의 배사면背斜面을 손바닥 펴서 때렸다
물방울들이 튀었다

끌어내려 바닥에다 부려놓은 다음에는 물낯을 때렸다

물비늘들이 날았다

물은 거기서부터 흘러서 오래 흘렀고, 닳았고

야위어서

물 흐른 자국과 흐르며 야윈 자국과 남은 실물줄기가
한 선분으로 바라보이는 여기에 이르고, 고여서

사무쳤다 손바닥 얹는다

물에서 돋은 가시가 찌른다

——「웅덩이」 전문

이 물은 '칼로 물 베기'가 가능한 물이다. 물에 금을
그어, 이쪽과 저쪽을 구별했더니 몸 있는 이쪽이 안쪽
이 되었다. 거기에 누웠더니 "물이 몸 안으로 흘러든
다." 이렇게 뼈는 그 오랜 육탈과 증발의 과정을 끝내고
물로 채워진다. 그 물이 흐르다가 다시 "자국"과 "실물
줄기"와 "선분"으로 작아져서는 손바닥 위에서 웅덩이
가 되었다. 손금처럼 가는 그 물줄기가 물의 "가시" 곧
물의 뼈다. 이제 뼈는 제 안을 비워 물이 드나드는 통로
가 되고, 물은 야위어서 뼈가 된다. 이 시집에서 이 만남

은 남자와 여자, 섬과 바다, 조약돌과 물방울, 돌멩이와 그늘 등으로 변주된다. 그리고 이 경지에서는 언어와 세상이, '보다'와 '쓰다'가 하나가 된다.

새는 목을 늘인 새이고 새와 나의 사이가 환한 날씨를 본나

햇살 오라기가 나에게 닿기까지 시간은 길게 뻗친 선 분인가

나를 따라서 걸어온 나의 발자국이 조용한 한 줄로 찍혀 있다

발자국 아래에다 밑줄을 긋고, 밑줄 아래에다 허공을 깔고

두려워 소리쳐 부른다 두 눈 홉뜨고 높은 데서 우는 새를 본다

—「밑줄—부호 4」전문

나의 부름과 새의 울음이 다르지 않을 때, 햇살은 내게까지 이어진 선분이며, 내가 걸어온 흔적과 내가 그은 밑줄은 하나다. 이제 세계라는 질료는 내가 쓰는 언

어와 동근同根이다. 말과 대상의 뿌리 깊은 불화를 겪
어온 우리 시의 역사에서 이것은 알려지지 않은 심연에
해당한다. 이 점에서 위선환의 시가 다다른 깊이가 우
리 시의 깊이라고 말할 수 있다. ▨